叒叒集

余文韬 著

上海文艺出版社
Shanghai Literature & Art Publishing House

图书在版编目（ＣＩＰ）数据

蠢蠢集 / 余文韬著. —— 上海：上海文艺出版社，
2023

ISBN 978-7-5321-8731-7

Ⅰ.①蠢… Ⅱ.①余… Ⅲ.①中国文学—当代文学—
作品综合集 Ⅳ.①I217.2

中国国家版本馆CIP数据核字(2023)第068273号

发 行 人：毕　胜
策 划 人：杨　婷
责任编辑：李　平　程方洁
封面设计：悟阅文化
图文制作：悟阅文化

书　　名：蠢蠢集
作　　者：余文韬
出　　版：上海世纪出版集团　上海文艺出版社
地　　址：上海市闵行区号景路 159 弄 A 座 2 楼
发　　行：上海文艺出版社发行中心发行
　　　　　上海市闵行区号景路 159 弄 A 座 2 楼 206 室　201101　www.ewen.co
印　　刷：成都市兴雅致印务有限责任公司
开　　本：880×1230　1/32
印　　张：5.5
字　　数：114 千
印　　次：2023 年 4 月第 1 版　2023 年 4 月第 1 次印刷
ＩＳＢＮ：978-7-5321-8731-7
定　　价：68.00 元

告读者：如发现本书有质量问题请与印刷厂质量科联系　T：028-83181689

序

洪淳生

　　子龙兄乃吾多年朋友，电话相邀，为其爱子文韬诗赋集作序。依稀仿佛又见当年高中学子，长发飘然。子龙兄爱子心切，望其成龙，嘱余指导。以年龄论，完全可以贤侄相称，但过从甚密，更愿以兄弟相称。昔太炎与邹容，年龄相去一十有六，然太炎先生仍以兄弟相称，写诗《狱中赠邹容》："邹容吾小弟，被发下瀛洲。快剪刀除辫，干牛肉作糇。英雄一入狱，天地亦悲秋。临命须掺手，乾坤只两头！"这首诗是吾较喜欢的诗之一。

　　与文韬多有接触，深感钟灵毓秀，后生可畏。转眼，大学毕业，文韬小弟擅作诗赋，钟爱有年，蔚然可观。

　　已故文坛前辈战垒先生受命选诗付梓前曾感叹曰："选诗如选色，总是动心难。"某观诗无数，却常叹息，能动人心者寥寥。然通阅文韬诗赋，时显珠玑，如鳞跃波，为之欣喜。

　　文韬诗词，抒个人情怀，写一己心迹者易工而臻佳境。何焉，赤子之心也。《初雪》一诗，尽显诗者情态。初始慵容懒散，"乜斜榻上久消颓，不觉雪色入帘帷"，随即"忽见群中传消息，尽呼窗外雪飘飞"，诗呈转折，远客忽来，出门相迎。"为有远客行将迓，揽服出门且充饥。抟风漫起卷玉屑，蹀来望中所见微。"承上写雪中行人各情景"林下道傍但人迹，狸奴猧子绝相随。或者生琼思，邀于雪中戏。或者着华裳，敛裙各迤逦。往往听然颜色开，蹈雪忭踊情难已。惟吾叉手闲闲过，竟不得与同欢喜。朔气前夜来酷急，乃逗风雪一时起。沉砀悬冰清且净，人今欣悦爱莫比。"末句，甚为感叹："世间万事悉乃尔，雪泥一朝何足悲。顾念吾党二三子，吾心悠悠更谁知。何如高卧小楼上，不复睹此徒嗟咨。"构思何其周至严密，起承转合自然，仿佛行云流水。

诗者，天之骄子。文韬天纵英才，勤于诗作，直抒情怀。悼骆迅夫一诗意境开阔，堂庑宏旷："久慕塌山殊未臻，忽闻竟是百年身。天风万里吹无尽，不见当时饮雪人。"骆尝出大漠，有句云："十年饮水天山雪，万里闻声戈壁风。"传颂一时，艰辛而后诗成。感人心者，非同一般。诚如清代诗人赵翼《题遗山诗》所云："国家不幸诗家幸，赋到沧桑句便工。"文韬读其诗，钦慕其人，惜未谋面。塌山九泉有知，当感欣慰，不枉一生痴迷。

《登大慈岩》一诗前三联铺垫，写攀大慈岩之经过及情景。"古阁凌空设，飞舆接缆乘。飘然游汗漫，忽尔践峻嶒。楼角临无地，天风荡五城。"末联"遥心竟何许，万里暮云横"，感心绪之茫然，空阔无依。初入人海，眼前悬崖无着落，每思至此，未免惆怅无边，愁上心来。

《赠你》《秋怀》《江景》诸篇，颇值玩味。

诗艺易学，而情感、生活、气质则难矣。放翁语之子通曰："汝果欲学诗，功夫在诗外。"乃恒理也。

古人云："诗言志。"词，则侧重于情。文韬词作不多，却有令人回味者，如嚼橄榄。《贺新凉·题"唧唧三人行"兼和蔡师岁末词》忆及同窗师友，五味杂陈，既有对美好过往的回忆，又有对未来生活的向往，同时表明自己的看法，重节轻利。骨子里仍然是儒家的思想，有自己的操守。

"既我迟来矣。误经年、飘蓬商院，剑书皆弃。披发穷途终回马，汲汲方为学子。强拾取、他时心气。凿壁姑于台下坐，恨倏歘课罢斜阳里。时有尽，兴难已。　　危楼永夜谁堪对？恰闻夫、三人行者，狷狂滋味。满座从游居无处，沂水春风如醉。谈笑有、风云明晦。来往炎凉何足顾，况丈夫重节轻浮利。但使我，道毋昧。"

诗余读罢，令人感慨万千。

另有一首词《浣溪沙·重用旧手机》，读后心有共鸣。如词的序言所云："手机送修无果，萱堂为寄旧者替之。开机见故时壁纸依然未改。而QQ信息止于两年前，时与言欢者，今或相疏久矣，感慨顿生。"

"几度摩挲认旧痕，曾经壁纸一时温，重翻消息此中存。　　未改初心他日梦，已非壮志去年人，偶来屏上见青春。"

虽存旧手机，机中内容依旧，然时过境迁，心境已大不如前。像唐诗人崔护的诗《替都城南庄》："去年今日此门中，人面桃花相映红。人面不知何处去，桃花依旧笑春风。"虽然桃花依旧，但人面不在，心情已大不如前。人就是这样，在不知不觉中慢慢成长。

古人以词分两类，或婉约，或豪放。然文韬词赋却非简单可划归某一类，或曰介乎两者之间也。

文韬之赋乃其心血凝成。赋是介乎诗和文之间的一种文体。与诗、文、词、曲一样，诚乃中国古代的重要文学样式。在中国古代文学发展的历史画卷中，赋体文学也曾有过它光辉灿烂的一页。

班固《汉书·艺文志》说："不歌而诵谓之赋。"刘勰《文心雕龙·诠赋》说："赋者，铺也，铺采摛文，体物写志也。"所谓"不歌而诵"，是言赋之语言形式；所谓"铺采摛文"，是言赋之表达方式；所谓"体物写志"，是言赋之思想内容。合言之，赋虽不像诗那样可以配乐歌唱，但也不像文那样毫无韵脚。它是一种语言大体整齐，押韵，并十分注意铺排华美的词句，通过细致入微地描绘事物以抒写情志的文体。

赋的体量较大，需要精心构思，要做到纵不断线，横不缺项。文韬的《严州赋》较好地做到了这一点。先从地理上开笔："夫严州者，严光肥遁之所也，俗因谓之严陵也。其地处越、吴，经三川而归浙；星分牛、斗，划九土其惟扬。元为山越所栖，秦初未化；孙权既击，汉末始疆。其间峻岭崇山，地硗谷啬；奔流飞浪，舸便商忙。迨及设州，则隋以睦名，民期安贫而卓；宋从严姓，士多慕道而昌。"

接着写历史变化："于是药生桐君之圃，书积买臣之廛。狂奴攸而遁世，处士困而垂竿。听猿啸于孤舟，浩然曾宿；望云深于迭巘，白也长叹。政简职暇，陆放翁有椎床之愤；先忧后乐，范希文多履霜之欢。法教光明，尝拜莲宗五祖；道心格致，尤称理学三贤。酬唱赋诗，同称睦派；往来俊彦，或出崇班。泊乎一旦，地覆天翻。终将六县，移治临安。呼女儿以共举，非男子所独专。拔千寻之巨堰，息万载之狂澜。"

此段之中，陆游和范仲淹是否应调整一下，以时间先后排列为好。之后写历史与现今相观照，感慨系之，从容自然。但表现"建德人"一句"岂历朝之人物，同太古之髑髅"，这样写是否确切，有待商榷，而且叙述比较另类。

集子中有的诗，题目太长，可适当修改。如果怕说不清楚，可以用诗序，再不行，可以在诗的末尾做点注解。另外诗的用语太过随意，直露，如"死"字出现了很多次，不是说一定不可以写，可以说得委婉一点。当然，集子中还有诗话、对联、故事等内容，恕不一一论及。

长风破浪会有时，直挂云帆济沧海。堪当大任者，须读万卷书，行万里路。经受磨炼，坚韧不拔，奋力前行，不负众望。是为序。

壬寅年六月十四

自序

　　余情安蠢蠢，性厌昭昭。至于疏放平生，蹉跎终日。不图升于高校，未肯纳于金融。乃辗转以入中文，竟迷茫而失前路。粗通词笔，强为一社之先；莫立身家，犹掣双亲之后。视同侪之勤勖，寻有赧颜；费夫子之训猷，终非俊骨。屡逢波折，何苦考研；几度盘桓，或将留学。虽浅浮之履历，难以过人；惟积蓄之诗文，可堪资事。爰集经年之创作，促一册之发刊。言必由衷，纵辞章之窳陋；无须载道，皆意气之申抒。使狗监者得闻，庶有以也；同兔园而见笑，固宜然哉。

壬寅年夏杪

目录

C O N T E N T S

五律

七律

变体诗

词曲

对联

异体诗

骈文

散文

附录

古体

蠹蠹集

诗

拟古

亭亭河畔柳，郁郁生青丝。
有风刮过来，依依舞参差。
折柳掷水中，漂游何迟迟。
河水曲且长，前路未可知。
中途多歧路，择一不复移。
随波以逐流，浮沉难自持。

2017.07.14

初雪

乜斜榻上久消颓，不觉雪色入帘帷。
忽见群中传消息，尽呼窗外雪飘飞。
北陆寒极层冰厚，至于飞花何足奇。
为有远客行将迩，揽服出门且充饥。
抟风漫起卷玉屑，蹀来望中所见微。
林下道傍但人迹，狸奴猧子绝相随。
或者生琼思，邀于雪中戏。
或者着华裳，敛裙各迤逦。
往往听然颜色开，蹈雪怵踊情难已。
惟吾叉手闲闲过，竟不得与同欢喜。
朔气前夜来酷急，乃逗风雪一时起。
沉砀悬冰清且净，人今欣悦爱莫比。
不知明朝霜露晞，满城冰雪堪余几。
凝尘浸化潦水积，偕埃尽复返泥滓。
云隐隐，雪霏霏，骋目周天天四垂。
世间万事悉乃尔，雪泥一朝何足悲。
顾念吾党二三子，吾心悠悠更谁知。
何如高卧小楼上，不复睹此徒嗟咨。

2018.12.16

古体诗

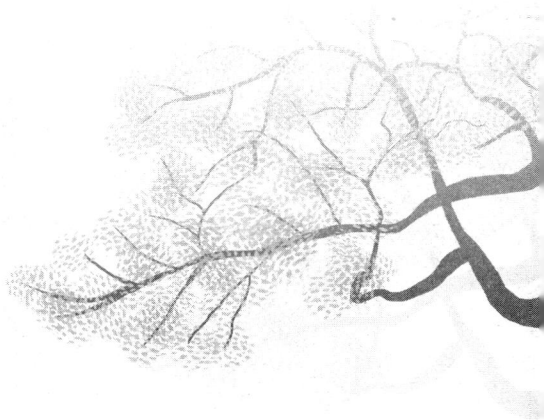

正体

蠹蠹集

正体诗

五
绝

杭州千秋月汉学社中秋雅集口号

才聆弄笛声，又醉翩跹舞。

汉韵自千秋，清辉何逊古？

2014.09.08

正体诗

过玉泉寺

晨起登禅殿，云深曲涧长。
苍林无鸟语，篁径满炉香。

2016.07.26

杂诗

坐厕犹参道，趋庭未学诗。
平居久无赖，蠢蠢复何之。

2022.03.02

正体诗

夜读

历史进如旋，不时重上演。
迩来无所痴，尤好屠龙典。

2022.05.06

七绝

悼骆公

久慕塌山殊未臻，忽闻竟是百年身。
天风万里吹无尽，不见当时饮雪人。

注：新安诗社前辈骆公迅夫，号塌山叟。尝出大漠，有句云："十年
饮水天山雪，万里闻声戈壁风。"

2014

赠你

清灯对影小书台，半面琴囊满落埃。
等闲心事无人说，夜抱冰弦候梦来。

注：折腰体。

2016.12.02

正体诗

《牵丝戏》二章

其 一

落魄平生无所归,少年白发枉相随。
红台此夜铃声尽,一世深情付死灰。

其 二

顾影凄凉哭烬灰,从来人事总相违。
娇颜尚与垂珠泪,不许君心独自悲。

注:皆用词韵。

2017.07.03

李夫人

佳人纵使倾城貌，一旦春残恐色衰。

谁云蒙面诚无用，信有朱颜梦里来。

注：折腰体。

2017.11.24

正体诗

与苗老师往浴鹄湾寻樱不得

一道风光烂漫春，行行来去碾香尘。
南山路上万千客，半看樱花半看人。

2018.03.31

白雨

白雨飘丝薄似纱，随风漫起笼寒槎。
行来谁与霏霏下，踏尽春泥瓣瓣花。

2018.12.06

正体诗

时隔多年再看《龙猫》

寒枝老木锁重门，阒阒中园久绝尘。
漫道东风才一缕，无端吹发满庭春。

2018.12.15

大斗山下

青笠空留山径远，春晖畹晚野云横。
采茶人去浑无迹，惟有《光年之外》声。

2019.04

正体诗

骑小蓝车过钱塘江大桥

百尺精金铸铁牢，登临极目渺云涛。
风雷隐隐足边起，踏过钱江第一桥。

注：用词韵。

2020.05.09

毕业赠柚仔

三载同窗聚似沙，从今挥手向天涯。

他年若得闲相问，为寄云端一瓣花。

2020.06.04

正体诗

秋怀

篱木凋疏满院秋，蔷薇一朵剩风流。
惜花唯恐明朝尽，夜雨潇潇长倚楼。

2020.11.30

泄洪后危桥重修

九孔洪峰识此墩，廿年回看字犹真。
今朝毁去新碑立，又记人间第一轮。

2021.11.01

正体诗

午餐剩菜碎骨几崩牙乃辍食

不餐风也不餐霞，横坐高台腿一叉。
谁在昏昏春色里，星巴克蘸冻黄瓜。

2022.04.25

主妇

扫室涤衣犹备飧，等闲白昼复黄昏。
谁怜昔日纤纤手，却厌今宵处处痕。

2022.04.25

正体诗

野游

游到春深良宴逢，山溪雪碎起流风。
凭君坐此烟尘外，且放烦怀一笑中。

2022.05.05

严州水浒客栈

梁山故事再无伦，至此英雄各写真。
或有豪情更谁似，且于枕上觅前身。

2022.06.28

正体诗

游绿荷塘经商辂墓

楠树修森欲蔽天，丛生野草满坊前。
游人不晓三元事，冷落商公五百年。

2022.06.30

农事速写

只今虽也下田忙，何患炎炎夏日长。
红伞一排阴影里，大妈谈笑坐胡床。

2022.06.30

正体诗

五律

午后

长睡迟迟醒，凭窗任目遐。

有光倾夏意，何处是春芽。

茫顾同人寐，慵依小案斜。

老师应未至，且饮菊花茶。

2014.02.15

正体诗

题应县木塔

　　山西应县有浮屠名释迦，肇建于辽清宁二年（1056年），高可六十有七米，通体木制，迄今且千年矣。内奉释迦牟尼二齿。外有一匾名峻极神工，为明成祖所书。又传有慧能和尚应梦采灵芝草，栽于顶层莲座。坊间向以塔顶有夜明珠，为佛祖所遗，而莫之见。

古塔摩天上，行云聚复开。
佛宫遗骨落，莲座采芝栽。
御笔曾朱色，明珠恐碧埃。
千年何所去，独此正如来。

2016.09.26

用牧马人鼠标打《刀塔》多年今为之赋

断纹冰裂错，光色转青红。

稍把弧身握，旋将浅意通。

腾挪无数下，指使一方中。

讵尔单如此，逡巡谁与同？

注：《刀塔》，DOTA2 之译名也，多人在线策略对抗类角色扮演游戏。

2017.11.01

正体诗

为木头征婚

　　木头者，李冬林也。一九九〇年生河南，新国风诗社理事，未婚。身长一米八五，貌敦蒙，内不详，现居北京，为某高级会所总厨。今社友为之征婚，限五律十五删或临江仙十四部韵，乃赋曰：

　　　　君子中原客，青春岂等闲。
　　　　吟风京洛里，弄火贵豪间。
　　　　伟貌多高气，单身愧故山。
　　　　久居燕赵地，何处遇红颜。

2017.12.29

录某送餐人所言作五律

黄昏灯火渐，素月晚风寒。
巷小匆匆过，楼高步步攀。
解饿恒挨饿，交单复出单。
更迎门内者，笑倩好加餐。

注：折腰体。

2018.04.04

正体诗

廿二岁生日赠亲友考生

廿载若飙尘，一朝成此身。
我非青海马，君或北溟鲲。
旧梦迷难觉，前途看未真。
今来大风起，孰与上龙门。

注：用词韵。

2018.06.07

与未闻诗社诸君游运河归而有赠

今夕与谁俦，相随踏九秋。
市声隔岸远，星火一江幽。
娓娓情偏盛，区区兴未休。
清宵明月里，何日复重游。

2018.10.28

正体诗

赠张永林

濯濯初青柳，谦谦尔雅人。
往来皆寂寞，谈笑自温存。
白雪弦中意，幽兰梦里身。
援琴聊一抚，极目向冰轮。

注：用词韵。

2018.12.08

室友毕业离寝

行橐如山置，书台尽染尘。
三年情已旧，何日梦成真。
黯黯终挥手，依依未启唇。
目君从此去，再作陌生人。

2019.06.12

正体诗

除夜有寄

旧岁今宵去，青春那处寻。

檐声天外雪，灯影雾中林。

意懒犹贪梦，气疏恒置琴。

凭谁日携手，慰我一时心。

2020.01.24

宅家即事

云重春庭冷，风稀日色赊。
萧疏堪对影，零落有飞花。
枯坐岂无闷，沉吟足欲麻。
文章空着笔，夙夜痛怀沙。

2020.02.08

正体诗

登大慈岩

古阁凌空设，飞舆接缆乘。
飘然游汗漫，忽尔践崚嶒。
楼角临无地，天风荡五城。
遥心竟何许，万里暮云横。

注：用词韵。

2020.04.28

不问山庄席间作

野墅在山陂，盘盘上翠微。

啸吟缘竹细，欣悦有鹅肥。

雅士迎新弟，主人称旧醅。

倾觞毋俗虑，快意逐云飞。

注：用词韵。

2020.05.04

正体诗

三为李冬林征婚

流水翻蔬净，烹油爇釜温。

佳肴随手制，美酒为谁陈。

解语花安采，多情句自存。

烛光良夜里，只待一心人。

注：用词韵。

2020.05.26

毕业呈导师蔡渊迪先生

三年百事乖，此去或余哀。

博士虽有以，顽徒终野哉。

前程甘寂寞，旧梦苦庸骏。

岂必无欣幸，借华门下来。

注：先生斋名借华馆。

2020.06.03

正体诗

古道

散落土花碧，葳蕤萝蔓青。
丛荒浮鹤骨，木乱隐豨行。
岂畏深林险，且寻幽境清。
才言人世远，忽见矿泉瓶。

注：用词韵。

2020.10.21

换新车

取车如娶妇，莫使染烟尘。
但惜风中力，堪怜雨后身。
且过崎岖道，同游烂漫春。
从今常做伴，不羡一双人。

注：折腰体。

2020.10.31

正体诗

江景

几度寒潮盛，难寻彼岸花。

碧波柔似毯，白雾幻为纱。

岁末总无寐，夜长终有涯。

还看浮水鹜，轻影动朝霞。

2021.01.15

赠别未闻诗社诸君并序

　　学弟毕业，相邀饮茶，幸得蔡、邵二师与焉。原期于某所，客满，因会运和楼。其所余隔间，向之习用者也。盖诗社初立，即会此间，后诸生亦尝与蔡老师会焉。今吾等结社之人，复将别于是矣。乃为之感慨不禁。

　　　　曲巷经行遍，依然上小楼。
　　　　风乎人满座，倏尔梦三秋。
　　　　往事多相笑，前途应自由。
　　　　明朝如一会，再续少年游。

2021.06.28

壬寅元夕即事

悬来灯似海，照得夜如晨。
袅袅帏间女，盈盈梦里人。
康时无窦户，至道只香尘。
天外犹飞雪，城中尽入春。

2022.02.15

虹桥住客

清洁在厕所，睡眠居隔间。
停机多蹭网，酿食少花钱。
漂泊来千里，彷徨已半年。
复工应不远，也许就明天。

注：用词韵。

2022.07.12

正体诗

七律

金味麦片

斯者，曾祖母晚年所常食，今仍有售，是夕见而购之。归
食，怅然有怀。

新杯玉乳麦麸黄，记得当时最爱尝。
贪嘴每招严母斥，嗜眠仍占老人床。
菊花陌上秋光暖，桂子门前月影香。
苦恨思心无处寄，几多滋味敬天堂。

2016.09.02

正体诗

廿一生日即高考日作

一觉昏昏岁一增，青春如是尽朦腾。
三年做梦该无路，两处关心愧不能。
此刻人应同倚马，当时我亦若飞鹏。
从来未解杨朱泣，回首穷途涕泪横。

注：用词韵。

2017.06.07

观央视《国家宝藏》之梁氏
与文物南迁故事有感

玄黄血洒满榆关，豺虎猖狂失栅栏。
为保金瓯千载续，肯贪薄命一家安。
舟车辗转山河险，手足流离海峡宽。
但使中华文脉在，双方共着汉衣冠。

2017.12.11

正体诗

晨起小雨觉寒次放翁韵

灰云霭霭暗杭城，厦宇连天看不明。
迷梦依稀添宿雨，乱鸦三面起寒声。
镜中白眼多相对，尘下青编少见耕。
负箧晨昏如许岁，何惟大学是浮生。

2018.01.03

望星空

紫霄迢递隔重重，几许星榆一望中。
明灭光消初夏雨，依稀云动五更风。
海人槎去良无获，列子身来尚不穷。
独倚栏杆天霁后，兀然长对夜朦胧。

2018.05.19

正体诗

毕业赠天逸兄

富态君由沉疴起，风流不啻肖三唐。

汗颜莫湿何郎粉，拂袖还余荀令香。

五色毫堪挥妙笔，三分锅甚嗜红汤。

未闻肥遁如斯久，黑海何当染指尝。

注：黑海，海底捞会员之首等也。

2020.05.26

新国风诗群将散有感

去伪方堪去故陈，幸于此处识精真。

拙篇固只评四字，白眼何曾如一人。

漫解问诗犹问道，徒劳征稿为征婚。

不知今夜星散后，绮思新风何复论。

注：1.用词韵。

2.四字："烂，不堪读"也。盖新国风诗社论诗，不尚吹捧，往往先发斯语，而后乃具言诗之所不足。学风如此，则始于社长赵缺先生也。

3.征稿句：新国风诗社数举征稿比赛，以为理事李冬林征婚，至今已递四五届。

2020.11.01

正体诗

薄衫

薄衫如浸体如蒸，课罢拳桩又一程。
暴虎心怀犹节制，屠龙气概且纵横。
庸夫有怒偏多虑，君子无为岂不争。
他日临机堪试手，会将筋骨验铮铮。

2021.12.28

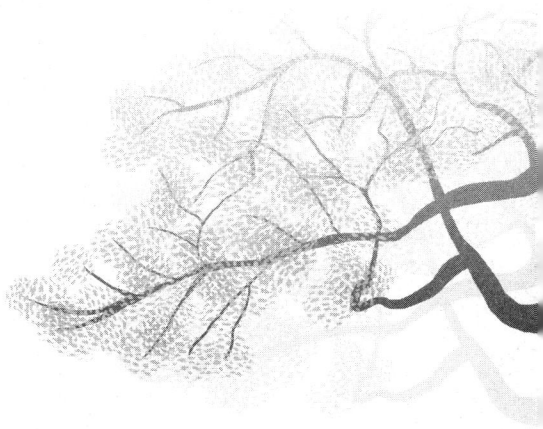

蠢蠢集

变
体
诗

词曲

贺新凉·题"唧唧三人行"兼
和蔡师岁末词

　　既我迟来矣。误经年、飘蓬商院，剑书皆弃。披发穷途终回马，汲汲方为学子。强拾取、他时心气。凿壁姑于台下坐，恨倏欻课罢斜阳里。时有尽，兴难已。

　　危楼永夜谁堪对？恰闻夫、三人行者，猖狂滋味。满座从游居无处，沂水春风如醉。谈笑有、风云明晦。来往炎凉何足顾，况丈夫重节轻浮利。但使我，道毋昧。

2016.12.12

变体诗

鹧鸪天·守岁

岁岁来来去去轮，何时年味渐难存。点头消息流如水，弹指烟花散作尘。

安卧起，懒寒温，聊将无赖认童真。琴书电脑堪沉醉，打发时光又一春。

2018.02.16

临江仙·下课值雨

　　几缕斜阳残照，半天薄霭低垂。铃声摇荡晚风微。淡烟浮碧水，细雨没芳菲。

　　独向廊桥停伫，还于李径徘徊。兴来何用爱春衣。繁花香更浅，犹染一身归。

2018.03.21

变体诗

菩萨蛮·沐后宿舍断电发湿不得眠

　　深宵雨罢林初静，小楼独卧人难定。屣履向栏杆，薄衣怯露寒。

　　疏云犹蔽月，纵见应还缺。暝色染霓虹，车驰五夜风。

2018.04.14

鹧鸪天·戏作次韵小夏

　　所有人生即返途，宛然岁岁宰年猪。生来或累金千万，死后徒浇酒一壶。

　　空扯淡，浪翻书，但凡当下尽当初。唯由我见花方盛，万事俱冲盉在乎。

2018.04.23

变体诗

临江仙·赠陈教练

　　教习深宵兼白昼，等闲廿载生涯。温言淡语每相加："前灯分远近，中道莫偏差。"

　　坐倚窗边安袖手，悠然意也偏奢。时而墨镜把阳遮，何妨前路远，只用嘴开车。

2018.05.26

行香子·记运河茶会

闹市偏安，鲜有听闻。今来此、故地重温。粉墙黛瓦，内隐千门。且踏青石，转旧巷，远浮尘。

红颜窈窕，乌衣倜傥，醉一壶、细乳清芬。楼头懒倚，底事销魂？但纸中诗，闲中我，梦中人。

2018.06.10

变体诗

浣溪沙·重用旧手机

　　手机送修无果，萱堂为寄旧者替之。开机见故时壁纸依然未改。而QQ信息止于两年前，时与言欢者，今或相疏久矣，感慨顿生。

　　几度摩挲认旧痕，曾经壁纸一时温，重翻消息此中存。
未改初心他日梦，已非壮志去年人，偶来屏上见青春。

2018.06.22

清平乐·再为李冬林征婚

善刀如素，独酌回家路。灯火城中千万户，寂寞是吾归处。

归来徒倚栏杆，中天月色谁看。料得伊人同对，小楼一夜清寒。

2018.10.30

变体诗

临江仙·邓悦邀食生日蛋糕索句
以赠兼示方某人

　　到此前程犹未卜，耽于大梦沉沉。清朝雪色入帘深，卧床思不起；搔首试微吟。

　　怅恍春秋频代序，岁来万事骎骎。何妨此日共宽心，只须良宴会，不负是青襟。

2018.12.09

卜算子·毕业赠段瑾才

沉梦度三秋，何事终无果。曳尾涂中不顾回，竟与人潮左。
谁自北桥归，谁向南门过。一样辛酸两处身，别了君如我。

2020.06.01

变体诗

鹧鸪天·赠重阳雅集诸君

　　硗峏山行满落枝，斑斑日色自来迟。残炉灰烬和尘满，古塔青阶任藓滋。

　　鸣玉振，唱新诗，频斟美酒共衔卮。重来未必风流老，犹得簪花笑后知。

2020.10.27

鹧鸪天·四为李冬林征婚

　　数载京华独自行，生涯渐已惯飘零。端无素女如期至，合有姚姬入梦迎。

　　人寂寂，月盈盈，春心如火复如冰。此身莫是前缘尽，未勒三生石上名。

2020.11.11

　　变体诗

浣溪沙·登北高峰

望后春霖未有晴，沉阴也自踏青青。山间叶色嫩如凝。
绝顶云重无可见，危栏风紧不堪凭，回眸下界只冥冥。

2022.03.27

蠹蠹集

对

联

题下塘小院

小院安闲尘世里，
嘉宾谈笑画图中。

2017

贺徐苗老师生日

各出心裁，教学岂疏后进；
自由本色，春秋不改先生。

2018.11.04

对联

题艾溪山水图

波涵山色一江水，
风静人家十八桥。

注：十八桥：寿昌镇某地名，物主人家焉，为嵌诸联。

2020.11.17

练大成拳

心存暴虎时常制，
气欲屠龙兀自生。

2020.12.28

对联

题建德千鹤村

坤德无疆，象地恒称君子范；

谷神不死，补天犹赖女儿身。

注：千鹤妇女精神发源于此。

2021.01.06

母校新安江中学更新楼名，受邀为之撰联

弘新楼（教学楼）

进之退之，皆因材而教；
中者西者，自惟道是传。

惟善楼（女舍）

三载于兹居善地，
一心向学致良知。

勉仁楼（男舍）

好仁尤重志先行，再斯可矣；
尚德常忧身不逮，一以贯之。

2021.08.31

对联

贺游先生乔迁

花亚莺啼，紫气来时足轩户；

民苏国治，清风到处共平安。

注：嵌主人夫妇及其子名，盖苏、亚、国、轩、平，凡五字。

2022.07.03

蠹蠹集

异体

诗

骑行

吐气，吸气。榨干，每一丝力气。
向着眼前的云，即使它遥不可及；
听着身后的风，且由它步步紧逼。

就像愚蠢的夸父，就算化作邓林，
也要在风中，把那太阳追寻。

我早已被卷入心中的潮汐，奔腾，
且无尽。我踏着浪，与花前行。
风，追逐着我；而我，追逐着云。

2020.06.18

异体诗

春行

暮春的终日，在青坑坞蜿蜒的山道上，一路前行
穿过丛生的诗意，就着山溪，参差而坐
微风拂面，仿佛青山的呼吸

悦耳的溪水，是对来客的回音
一曲《绿野仙踪》的曲调悠然响起
尺八借着诗人，向大自然表露了心意

2022.05.07

异体诗

阅读

我在窗前读书，就着一壶老白茶的香气
春光，也在窗外阅读着我
时间慢慢地，流淌在指尖

烛火摇曳，融化着的思绪
在一朵花开的声音里
与宇宙合而为一

恍惚间，躯壳却在马桶前站定
带着一丝老白茶的香气
我陡然被抽离

2022.05.11

骈文

军训赋

丁酉之年，季夏之月。梅雨长淫，暑气犹烈。晦明变迁，时若转圜。日煌煌兮方绝荫，云暧暧乎顿弥天。趵踔如泥，霙滂沛既倾。阶墀浸没，步履难行。霹雳列缺，垂闪电以鞭落。汪洋街衢，聚混流而渊成。由是欣欣自喜，迤阑观雨，料明朝之训，庶几免矣。

次日也，则晴空云敛，天朗气清。江山如洗，万物鲜明。唯嗟渠商羊之不舞，而恨我惰心其未能。遂将行誓师之礼，共会学校之英。九霄光曜，风掣旗扬。三军饬列，气壮声昂。少长毕至，发训期于一旬；师生咸集，迎来宾于千里。尔乃教官颁旗，首长致意。步噉噉而飒沓，色穆穆以雍容。显男儿之倜傥，见国士之峥嵘！

嘻，夫云开而日见，雨霁而天明，一扫昨日之阴晦者，将非冥数邪？或有不解。且曰："今之少年也，足鲜出户，四体不勤；思无就善，八荣不遵；耽乐忘忧，享盛世而不觉；薄国非世，夸番邦而不知者，伙矣！而国之重事，在祀在戎；邦之前景，惟少惟童。乃有期年之训，唯斯是从。操以军纪，锻我形身；习以军史，铸我精神。所以劝志，所以砺人，所以养浩气，所以正常伦。此方合乎大道，爰降休于寰尘。固谓之冥数也。”

洎训焉，则行伍龙进，不用衔枚；方阵虎前，何须攂鼓。吹呴呼吸，莫暇言语。趋蹈奔走，不遑启处。澯澯如而汗下，将辛将苦。飘飘然以心去，载思载服。军姿长伫，但忧余时之不知；块垒难消，常迷前路之未卜。有幸苟学，凿壁照书。无舟可济，临渊羡鱼。举跬步而跌千里，方识杨朱之悲；成双色而关一念，乃同墨翟之哭。

噫！其休矣乎！

关羽降曹，情所斟酌；李陵屈胡，时为权衡。率以君子固穷，因时而动；屠狗安贫，见机而行。汩汩乎，往者之不可谏；飘飘兮，来者其尚未兴。须知万古长空，一夕风月。聚沙成塔，佛果自然得修；重武为涂，灵山终于可达。乃借此军训，以勖意气；赖兹薄思，且长精神。弄拙贻笑，因隙为文。唯能去徂日之偷窳，冀恒守今朝之辛勤。

丁酉六月十八

骈文

未闻赋并序

余初入学，欲寻好古之同道。然及社团纳新之际，未见有古文诗词之类。退求于文学社者，彼于风雅亦不为重。愿既不遂，乃闭目塞听，落拓独行可三年矣。其间未尝不窃叹之。而今承师扶掖，且与同好诸君交识，相与结社，名之未闻，始信道之不孤也，斯诚平生之一大幸事哉。是用欣然命笔，赋之以贺，望勿以浅学见怪，或使方家一笑耳。其辞曰：

夫感事物而有怀，凝肝肠而生意。戚戚在内，不得相纾；郁郁结心，安能自已？遂将吟咏，因之韵声；终作诗歌，托之悲喜。故而千秋品论，罔不发其情；百代风骚，咸以成其思。或忧或乐，青领、褐衣之人；或讽或称，日边、林下之士。斯皆亘古之有闻，而迄今之靡止也。

始则伊人硕硕，彼黍苍苍。天子总八风之气，圣人存三百之章。继则奇文瑰诡，天问未央。忧心萧瑟，秋恨永伤。是尽先民之垂范，并为来嗣之滥觞。尊诗骚而交炳，共日月而同光。然后乐府传歌，情钟而发；古诗动魄，辞婉而怆。建安悲慨，正始渊长。永嘉黄老，文采太康。陶令性情，弄空琴而酩酊；谢公声色，向绝巇而徜徉。玉振金声，江左之清音发越；

烟霏雾集，邺中之素质贞刚。迨及后庭花谢，龙舫帆扬，垂旒日角，迁骨雷塘。一乾坤而融二美，全格律而勃万方。

于是王杨卢骆为先，异声而气合；元白孟韩在后，同变而术歧。中有边塞、田园，纷纭各态；爱情、闺怨，飒沓多题。乘梦日边，谪仙醺而恣意；浣花溪汭，野老困而虞时。鹦鹉才高，韵具八叉之际；鸾凰舞罢，鉴临山雉之姿。渐次花间公子，北里妖姬，盛朝陵替，乱世积迷。风及南唐，吹皱一方春水；馆囚后主，梦来几度乌啼。至于屯田浅近，学士婉凄。清真协律，坡老达辞。泰华雄心，身老稼轩而何恨；江湖宕子，滕容白石而自颐。六朝以降，两宋当时，则可谓风流辈出，而气象遄飞矣！

至若明清之迭，诗词之传也，或欲求新化法，率为接武承前。然而民国立，列国难；西学盛，东学残。时渐轻故圣之猷，大推白话；争效远人之体，务绝文言。名士探尝，寻成𬤇舌；狂生悲慨，尚举吟鞭。于今则国闻不振，诗运维艰。民多厌古，世乐尝鲜。殊不知民国之大师，腹内无非坟典；语中皆引圣贤。噫！柳亚子之生悲，良有以也；闻一多之拾旧，岂徒然哉？

今者中华崛起，大国复兴，何止乎足民而强兵！宜承九州之雅韵，绍百世之遗馨。然则莘莘学子，簇簇同行，溯洄源本，含咀华英。立雪从容，依程门而景附；弄弦婉转，向鲁壁而葵倾。不得斩蛟，既失澹台之剑；殊堪赋竹，还从周穆之声。而或念旧游而意起，与良宴而欢腾。斥奸邪以书愤，悦美好以尽情。万象纷纭，感沧桑之变幻；四时交替，伤红蕚之凋

骈文

零。弄月吟风，忘机心之数数；雕虫刻楮，抛世事之营营。

嗚呼！金谷流光，依然未绝；兰亭逸响，犹自常存。会鸿渐我庠，何人不喜；而鹏抟兹社，厥号未闻。是谓：见人之所不见，闻吾之所未闻。或曰："岂闻达之闻邪？必闻道之闻也！"

端木夜阑戊戌梅月初六作于城院求真楼

帘子赋

　　帘者，内外之分，亲疏之隔，所以障目遮形，包羞养德也。无短无修，无纯无绚，今古赓传，寻常可见。

　　若夫逆旅行人，孤身而独掩；洞房花烛，合卺而同藏。贾氏怀春，窥韩君于青璅；河间失节，遂恶少于北窗。是皆秘不得宣，私不得广也。

　　至若环佩璆然，不见小君之面；笙歌悠尔，前授夫子之徒。谢女解围，青绫垂而设障；陶公致仕，巾车驾而登途。是皆各守其情，各持其度也。

　　今者董赞王彪，幼也困，身也残。而志也笃，性也端。发奋耽书，时朝雪窗萤火；潜心修学，不误青领儒冠。然彼同舍之生，居高挂幕；偕归之女，跣足乘梯。一校之间，风情或异；一檐之下，况遇不齐。

　　吾初得此闻，叹而唧唧；今为斯赋，吐以区区。自古败绩之英雄，大抵沉于安逸；凌云之志士，无非激于忧虞。况夫珍禽惜羽，君子爱身。纵然入目，不必同尘。彼之垂帘者，居则以之包羞，为情为欲；我之向学者，进则以之养德，修礼修仁。

　　呜呼！自是龙潜，何需龙吰。君子不匮，永锡尔类。是以无从楚骚之好，不羡东邻之窥。恒悬陈蕃之榻，长下董生之帷。

亡是子戊戌腊月十六

骈文

中秋祭月文

维庚子年中秋，敢昭告于太阴：

玉宇澄清，星河浩渺。月出盈盈，光辉皎皎。承阳德之精华，育阴灵以幽眇。接千载而永存，泽万方于未晓。

遂有天子执圭，王臣下殿，俎豆前施，羲羊西荐。祈莫夜之幽赞，祀夕月之清县。既教化于黎民，抑仰祗于灵眷。

至若骚人失意，迁客坠心，倾情谁诉，知己何寻。凉夜难眠，抚冰弦而长恨；高台独伫，对玉魄以幽吟。

是以正朔更迁，须循其相；江湖漂泊，有赖其明。呜呼！疾疫生涯，恍成昨日之梦；团圞月下，宜祝今宵之宁。加之国庆恰逢，时也何幸；疠行虽久，势必无凭。

伏惟尚飨！

余文韬上章困敦之年壮月初六

西湖赋

　　盖闻龙凤偕游，幸得天河之玉；仙灵专美，终遗欲界之珠。明圣其尊，几兆始征乎金犊；钱塘厥号，令声并显于名都。错之为谿，嶂三环而重岭；交之以汇，流百道而一潴。遂有远近纷来，感风流而意起；阴晴共赏，观造化以情舒。

　　若夫莺燕哜而频飞，春光的皪；芰荷丰而尽举，夏雨溟蒙。水泄清辉，波平如镜；冰封远岫，雪漫无穷。四季有常，观其情之在在；万方来客，享其乐也融融。是以东坡有相宜之赞，香山传最忆之讽。十里荷花，耆卿题句；孤山梅影，和靖遗风。似此经来，姿色无关乎淡妆浓抹；如何抛得，梦魂半付于月下湖中。

　　尔乃乘野兴，踏阳春。寻古道，履香尘。才观灵隐之刻，复入玉皇之门。初辗转于青山之胜，后慨慷于苍水之坟。嘻哉！汉自髡颅，幸续先贤之教；补漏匡余，惟求罔过；勒规缝掖[1]，岂患不群？义理殊繁，其行也惟一；衣冠虽故，其振也维新[2]。然声微而未可，复事冗而无因。第潜心以修学，庶克

---

[1] 勒规，藏人服也；缝掖，儒者服也。

[2] 谓今之"汉服运动"者也，以复兴华夏衣冠、重塑民族自信为旨。

骈文

己以传薪。

呜呼！物虽轻而不可不任，事虽匿而不可不为。莫睹前程，谋食无计；固遵吾道，处世不回。宿志需坚，应淡然乎穷达；天心常保，岂苟且于是非。暂遣烦怀，偶过张公之庙；聊寻春色，独行西子之湄。

至于金鳞喁以浮水，白鹭下而在汀。野花香其尽发；雀鸟跃且交鸣。水榭风来，看远岫融于细浪；画船雨歇，听疏钟荡遍苍冥。宜乎，纡徐山水之间，悠游假日；容与俗尘之外，濯澡性灵矣。

庚子梅月十四于建德江畔

严州赋

夫严州者，严光肥遁之所也，俗因谓之严陵也。其地处越、吴，经三川而归浙；星分牛、斗，划九土其惟扬。元为山越所栖，秦初未化；孙权既击，汉末始疆。其间峻岭崇山，地硗谷啬；奔流飞浪，舸便商忙。迨及设州，则隋以睦名，民期安贫而阜；宋从严姓，士多慕道而昌。

于是药生桐君之圃，书积买臣之廛。狂奴攸而遁世，处士困而垂竿。听猿啸于孤舟，浩然曾宿；望云深于迭巘，白也长叹。政简职暇，陆放翁有榷床之愤；先忧后乐，范希文多履霜之欢。法教光明，尝拜莲宗五祖；道心格致，尤称理学三贤。酬唱赋诗，同称睦派；往来俊彦，或出崇班。泊乎一旦，地覆天翻。终将六县，移治临安。呼女儿以共举，非男子所独专。拔千寻之巨堰，息万载之狂澜。

而今周游两岸，总览三川。荡舟东向，曼目流观。洞澈晴波，碎琉璃于细浪；飘摇白露，遮翡翠于轻烟。弄月江心，冬犹觉暖；凌风雾里，夏未胜寒。空谷随秋光染彩，佳禽共春水争喧。或红或青之鲤，一左一右之鹇。隐入云中之岫，游于世外之天。

嘻哉，七里滩前，千峰树上；青柯亭里，白云观旁。康乐

骈文

重来，应无异乎风月；荷村[1]复至，必有感于沧桑。雾绕山城，犹增其静；衢通四野，宁谓之荒？横港曲中，经古街之迤逦；梅花城内，看新市之堂皇。

尔乃穿坊过巷，乘兴登楼。长嗟山水，未改风流。吾闻：死而不亡者寿，在所不失者久。岂历朝之人物，同太古之髑髅[2]。盖斯州之名虽去，厥德之实恒留。料进道而如退，应建德而不朽。然则圣人云："执古之道，以御今之有。"

严陵余文韬庚子孟冬于建德

---

[1] 荷村：赵起杲，字清曜，号荷邨。曾任严州知府，其间主持刊印《聊斋志异》第一部刻本——"青柯亭本"。

[2] 1974年冬，"建德人牙"出土，为浙江省首例"新人阶段"古人类牙齿化石。发于建德市，因以为名。专家以为有5万年历史，或为浙江原始民族越族之祖先。

散文

蠹蠹集

寿昌文化馆寿文化展记

年之次于事亲也，贵乎天下久矣。盖人之情，皆欲寿而恶夭也。故《尚书》之谓五福：一曰寿，二曰富，三曰康宁，四曰攸好德，五曰考寿终，寿其首也。夫齐景公寻乐，始皇帝寻仙，皆欲不死。彭祖之说，安期、王乔之想，世所赓传。故有诗曰："如日之恒，如月之升，如南山之寿，不骞不崩。"

至若儒曰仁寿，道曰养生。延年之术，自古尚之。上寿之风，于今不辍。天道自然，而人道自己也。不死之药未之有，而长生之念固非妄。然生生之徒，其几于死矣。何者？盖寿固五福之先，而好德实五福之本。德者，得于道也。上古之人，其知道者，始形与神俱，终其天年，度百岁乃去。老子云："善建者不拔，善抱者不脱。"行诸身，则德修而真；行诸家，则德积而有余；行诸乡，则德乃长。故又曰："道生之，德蓄之。"世之明此道者或鲜矣，而能行此道者则不然。

余世伯王公，寿昌人也，尤善于书，有清流雅望，受寿昌政府所托，主寿昌文化馆寿文化展事。盖寿昌者，建德之辖邑，故严州六睦之一。建制于三国吴黄武四年，迄今约千八百年矣。九州之邑，不乏以乡人之长寿而闻名者，而以寿自名者，其唯寿昌与？其镇治西行二三十步，有闾阎巍然特出，即洪家厅也，肇造于有明，今则寿昌文化馆也。于是，古今书画、器物之关乎寿者，公力搜之，咸集于馆，且恒置于斯，以示其文脉于来人，垂德教于后嗣。斯举修文一域，而建德千秋，诚非好德者不能为也。好德而近道，德修而道重，福之至矣！寿昌之名称矣！庚子腊月二十日，严陵余文韬为记。

散文

建德市博物馆记

《曲礼》之谓君子，"博闻"为先。而博物者，必博闻也。故博物君子，世所重之。《列子》曰："大禹行而见之，伯益知而明之，夷坚闻而志之。"志之如是者众，则风物、人情之著，天文、地理之书，无所不有。作之既繁，或藏于金匮、石室，或收之天禄、兰台，或存于士夫、大贾之阁，与珍奇、名宝，传之后世。然则博物之尚，自古存焉。

今惟泰西之风，凡我都会，恒设公馆，名之曰"博物馆""博物院"。方之石室、金匮之藏，斯馆则陈故物、展异品于万民，俾其得知草木虫鱼之名、器械服物之形，迩若闾里之遗珠，遐如天外之陨石，上足溯于太古，下可及于未来。是足以开民智而化人文也。于是博物之风，始浸盛矣。

客岁八月，建德新作市博物馆于新安江畔。其高堂阔宇，北面青山，南临渌水，东望建德大桥，西比新市图书馆，中以高廊相接，蜿蜒如带。馆内所定展室有四，其尤以"建德人牙"之化石为重，又示以建德地产、严州旧俗、往古名士、近现代之特创等事物。要之，盖建德之历史、厥土之演化、坊间之风物、寿崇德之书画也。又别设一室，以备非常之展。吾虽土人，遍览之，亦有乐于知新也。

夫博物之学，繁而不专，非为学之本。然，草木虫鱼，皆自得其理，学者而入乎其内，发乎其外，虽解一牛，亦足进乎道矣。是以，知本末之不可偏废也。且夫斯馆非止于胪列故事，更设一室，间或延人讲学，登坛者不乏专门之士，而从者甚广。其补益于民者若此。《大学》"亲民"之谓，其犹是乎？以此博物之风，使吾乡之人得出一二博物君子者，不亦幸乎？吾乡之人文，必由斯馆而愈盛矣。辛丑四月之朔，严陵余文韬为记。

附录

新国风诗话

1

余读随园诗话，见简斋有句云："花如有子非真色，诗到无题是化工。"清赵翼题遗山诗结句云："赋到沧桑句便工。"尝与董赞王论其新作，句云："诗到无愁始见工。"或曰放翁亦有句云："诗到无人爱处工。"赵叔则嗤其作态耳，曰："无愁句反胜于无人句。以少年不识愁滋味，而好说愁。中年之诗，已不说愁，故可能见工。然愁字太硬，未若：诗到无情始见工。"

2

董赞王彪求学，宿校内。同舍生有携女归寝者，聊垂一帘，而交相缱绻，不避赞王。赞王惟闻声坐榻，读其书。后于群中闲谈，言及此，曰："或为我寿，劝我云：'但出百元，可为延人与尔垂帘。'我终谢之。"或谓之囊中羞涩故也，于是引为谈资。众皆属句嘲之，后更相为作赋，名曰"帘子杯骈赋比赛"，以祝早日垂帘，其谑如此。木头因有句云："闭目三思，终乏卷帘之勇；仰天一叹，何成入幕之宾。"余亦为赋，末曰："自是龙潜，何需龙吠。君子不匮，永锡尔类。是以无从楚骚之好，不羡东邻之窥。恒悬陈蕃之榻，长下董生之帷。"而后，遂有董帘子之称，其亦以帘外诗人自号。

3

赵叔曰："今人写诗，太半瞎凑一气，而论意境、感觉，玄之又玄。"

4

水货仁波切曰："西昆体重对仗、用典，用词亦考究。故今人学作，可言'茶'、言'酒'，断不可言'烟'。言'君'、言'卿'、言'吾'胥可，不可言'你'。"嫖娃曰："'汝'可乎？"曰："略俗。"吴畏曰："'驾车'可，'开车'不可。"曰："然矣。"赵叔闻而陋之，曰："卿、尔、汝自相应于公、君、子。所对者异。惟尊卑、亲疏之别，而无雅俗之分。"水货曰："汝无敬意，故为俗，雅士不取也。"曰："陋哉！岂雅士之唤孙为爷乎？"

5

赵叔五绝《老街印象》云："雨点随风散，春花剩几枝。一条青石路，通向少年时。"鱼叔《某巷》云："黄叶青砖路，十年成故游。相逢应颔首，各入小城秋。"读之皆成画面，回味无穷。又，鱼叔《偶翻十年前聊天记录》云："夜茫灯影微，巷短秋风促。旧语悄重开，青春如逆瀑。"余尝填《浣溪沙·重用旧手机》，虽不佳，强列于兹，可衬红花，其句曰："几度摩挲认旧痕,曾经壁纸一时温,重翻消息此中存。未改初心他日梦,已非壮志去年人,偶来屏上见青春。"

6

今人李梦唐有绝句云:"高阁垂裳调鼎时,可怜天下有微词。覆舟水是苍生泪,不到横流君不知。"或问诸赵叔,曰:"有人推为今世绝句之首,可乎?"答曰:"烂,不堪读。"请示之。曰:"作者但欲作悲天悯人之态,惜其不通文理耳。'水能载舟,亦能覆舟'。是譬苍生也,水恒在焉。'覆舟水是苍生泪',则载舟水何也?亦苍生泪欤?若表'兴,百姓苦;亡,百姓苦',亦可。然其非是。"又曰:"先言高阁,忽转而舟上,岂肉食之坐于楼船上乎?使无'载舟覆舟'典,必费解矣。而有此一典,偏用之不当,实属凑之,今人通病矣。如作'载舟水是苍生血,覆舟水是苍生泪',以血、泪皆水也,故可翻些新意。只其一句,烂诗无疑。"

7

或曰:"有翁求妇,自诩善乎筝。"赵叔曰:"筝,争也,小人之器也。"知还曰:"琴,禁也,君子之器。"赵叔曰:"善。琴之声,寡于筝。然则圣人之乐器,希声矣。故曰:'大音希声。'"

8

赵叔曰:"迷信古人吾不取,迷信今人吾不取,迷信于己益不足取。"

9

简斋曰:"作诗不可不辨者,淡之与枯也,新之与纤也,朴之与拙也,健之与粗也,华之与浮也,清之与薄也,厚重之与笨滞也,纵横之与杂乱也。"赵叔曰:"诗宜白而不直,清而不浅,深而不僻,曲而不艰。"盖新国风所倡者,与简斋亦有合焉。简斋素许真声,尝曰:"不效颦于汉魏,不学步于盛唐,任性而发,尚能通于人之喜怒哀乐,嗜好情欲,是可喜也。"又曰:"唯夫代有升降,而法不相沿,各极其变,各穷其趣,所以可贵,原不可以优劣论也。"此言得之。

10

董赞王曰:"《左传》注疏云:'妇人法不当谥,故号当系夫。'然则奈赘婿何?"余曰:"应反之。"桶姐曰:"须先易姓,或更易名。"赵叔曰:"帘子是言,殊可笑哉。赘婿异姓乱宗,固非礼也,而况谥号乎?"轰炸机曰:"赘婿犹杜鹃也。"

11

金鱼问知还曰:"何时得字蜜汁耶?"知还曰:"方汝未在,社长赐之。泉林相生,相得益彰也。"金鱼曰:"未知社长赐字几何?今但知李队长字慕还,嫖娃字赖之,知还字泌之。"赵叔曰:"泌之,取自《诗经》。张永林,字泌之。"

又谓李保长曰："诗云：'泌之洋洋，可以乐饥。'"盖保长名李洋，知还唤之洋洋也。保长不解。复曰："闻一多云，饥之谓性也。"保长曰："汝非谓其窭言乎？"曰："权且信游。"保长问曰："洋洋者，非水之大欤？泌之可乎？"曰："是谓泌之之与洋洋，可乐饥也。"金鱼叹曰："非诗也，直推背图矣。可观乎新国风群之未来矣。"

12

南屏岫云，初以语夂尘鳞为网名。识广似旁通，好辩面折，尤多诤谑于水货。嫖娃谓之以"轰炸机"，人亦以此称之。而不称其意，遂告人曰："复以此诨号唤我，必不尔应。"久之，无改，终习焉。

13

赵叔诗鲜故实，或讥其学浅。社友问之，乃曰："千金之子，终不以满口金牙骄人。"水货则曰："以格律骄人者，多无好诗；以违律自傲者，常是烂俗。"

14

或问新国风之义，赵叔曰："所持非在新，而在于真。真则必新。今人风情，迥异古人，盖今之诗人实为黎庶，在宦者亦'人民的公仆'耳。是以凡所作者，固异于古人。故新国风所倡者有三，曰真人，曰真事，曰真情。吾人生于今而写其真，自得鲜活，必异于古。录今之事物于诗中，则视古而新。

彼乘公车而固言骑马者，非古而实伪也。所倡新国风之真者，视之恒如求新，实则无分新旧。不可为新而新，惟务于真也。"

又曰："真外，亦须求精。求技之精，则必师古。非师古者不可以革新。人多求得真，而不得于精。夫技之不精，方流于浅白。其亦非新国风也。以真、精为准，则今诗惟三，一曰不精之烂诗，二曰不真之伪诗，三曰真而精之诗。其三乃真新国风矣。"

复问新国风之韵，答曰："先合古而后合今。好诗多成天然，其韵往往无悖于时音。彼合古而乖今者，大抵对韵谱凑得，几无天然之句。盖合乎古者，有积学也；合乎今者，则不失天然。"

15

杜甫《登兖州城楼》云："东郡趋庭日，南楼纵目初。浮云连海岱，平野入青徐。孤嶂秦碑在，荒城鲁殿余。从来多古意，临眺独踌躇。"董赞王曰："杜诗提要谓此诗八句全对，我实未见得，尾联可对乎？"余曰："盖唯'古意'与'踌躇'莫对。"赞王曰："盖力不从心矣。如艾月之《鹧鸪天》。"艾月曰："我句可谓不工，不可谓不对也。"余曰："杜或无意于此，所谓全对，亦吴瞻泰妄言耳。"赵叔曰："凑对固易也。至于随心所欲作对，而不害文义，则杜甫未必有此功力。不然，本叔不谓之二流矣。"又曰："此诗更有一病。浮云、平野、孤嶂、荒城，结构相似，意象丛集，三流之作而已。"又曰："更有一笑点。南楼纵目初，孤嶂秦碑在。其目力直追望远镜矣。本叔之诗亦往往不能三善备矣，况杜甫乎。"

16

赵叔曰："汉语言文学，固重逻辑。是以古人学文，能出将入相，乃至研究科技。今之文科废矣。"空山雨曰："将非新诗毁之耶？有非理性云云。"曰："真文学应出乎意料之外，而在情理之中。诗人独求非理，与痴人何异？"

17

张说诗云："树坐参猿啸，沙行入鹭群。"董赞王有诗友问曰："是何倒装之法。"赞王曰："只前二字倒装耳。"曰："喻矣。先问于某师之教章法者，彼谓之妄言拼凑，而嗤其沙、树成精矣。"赞王曰："嘻！料其自好拼凑，乃度人如此。"人曰："其诗确无所佳。"余闻之，曰："猿啸有何可参？若余则'树坐同猿啸，沙行惊鹭群'矣。参猿啸而入鹭群，一何假也！"小灰灰见曰："此句较好。"赞王曰："是二句为唐人所作。"轰炸机谓余曰："固谓汝思之不及唐人也。"余曰："无论糖人、果仁，既非饲者，固不信其得入鹭群也。"

18

轰炸机素不善水货，寻于群中嘲之。自言道中无聊故也。尝与深夜争讼，乃相大骂，而咸退于群。后相继归。

19

赵叔论诗，只论其技，无论其人。盖所谓"不以人废言，亦不以言废人"也。尝答人曰："徐晋如诗词不下于迦陵，而名逊之远矣。"

20

有社人问徐晋如于赵叔。答曰："其人品也，本叔不审。所谓其殴老丐、訾岳飞者，第博人耳目之手段耳。其为名而无所不至者，犹凤姐、芙蓉姐之流矣。而不知其人品必卑劣也。本叔所诮者，惟其天资低下，不工于诗耳。且其亦无真学问，好以大言惑于外行。有识者自得见其无知之极矣。"

21

诗社妙人甚蕃。有双丑、三胖、三傻、四老、四子、矮夫四、五绝、五皮之号。双丑者，罪人灰、董帘子也。三胖者，胖子、桶姐、吴畏也。三傻者，亡是子、董帘子、木头也。四老者，空山雨、大铺子、水弘范、金正鱼也。四子者，亡是子、董帘子、活胖子、天鸣子也。矮夫四者，吴畏、龚敏、张永林、倪昌盛也。五绝者，东媒、西嫖、南尿、北屁、中嘤嘤也。又有皮门五帝，皮大皮太祖、皮二皮高祖、皮三皮则天、皮四皮惠帝、皮五皮成祖也。

22

赵叔尝戏论皮门五帝。谓皮惠帝龙叔兼汉惠帝之南风、晋惠帝之智力、明惠帝退位后之发型，堪称惠帝之最。又曰："谥法云：'有名无实曰惠。'龙叔有萌宝之名，而能入皮门，终为秃头大叔，因称皮惠帝。"又，谓白话身为皮五，常怀不臣之心，欲取皮二而代之，为宇宙第一诗人，是以与燕王同庙号，为皮成祖。

23

简斋有言曰："盖诗文至近代而卑极矣，文欲准于秦汉，诗则必准于盛唐，抄袭模拟，影响步趋，见人有一语不相肖者，划共指以为野狐外道。曾不知文准秦汉矣，秦汉人曷尝字字学六经欤？诗准盛唐矣，盛唐人曷尝字字学汉魏欤？"斯言善矣。新国风所谓不泥古者，亦在于不必拟古人言语，而必师古人技法也。

24

白话曰："机械之智，假以时日，盖绝胜于诸好诗者矣。"或曰："非也。刘慈欣有《诗云》之说，其文明之通神者，亦无以过李白之诗。"赵叔曰："通神之世，或无机心得胜李白，然，必有诸多能人胜之也。"

25

赵叔曰："古人夸李白为谪仙人。然，其才终不足以为文昌阁也。"

26

白话，网名或为白云。好大言，自诩诗神。所作不足观，而不惭。赵叔为赠一绝，云："两汉三唐一缕烟，风流何必效前贤。圣人自古皆尘土，惟有白云飞九天。"

27

赵叔曰："我所以贬李杜之流者，欲除众人之迷信也。迷信，所以尤难觉悟。若木头，则废矣。既破迷信于古人，而复迷信于我。迷信于我，则非我之道也。"

28

柳屯田有《蝶恋花·伫倚危楼风细细》，知还举之以问赵叔。答曰："前文云'伫倚危楼风细细'，后至于'强乐无味'，则示人于某一日耳。然结于'衣带渐宽终不悔'者，岂其午后小酌而得耶？有如此减重之法，当速授于月半。"又曰："盖其初得末二句，遂迁凑成篇耳。终是才气不足、笔力不够。"

29

或论王国维。赵叔曰："王国维岂知诗文哉？其《人间词》者，的覆瓿物耳。其言故作深沉，故弄玄虚以惑人。其论诗也，若中人之作情色小说然。"或举王《水龙吟·杨花用章质夫苏子瞻唱和韵》，曰："是可见其功底。"答曰："首句'开时不与人看'，即可谓做作。常人但云'开时不必人看'。夫'不与'，欲拒还迎之态也。"复举《采桑子·高城鼓动兰釭炧》。对曰："上片云：'高城鼓动兰釭炧，睡也还醒。醉也还醒。忽听孤鸿三两声。''忽听'者，强合平仄耳。若不论律，则必言'忽闻'。为律易字，其功底何深焉？"

30

蒋竹山《虞美人》云："少年听雨歌楼上，红烛昏罗帐。壮年听雨客舟中，江阔云低，断雁叫西风。而今听雨僧庐下，鬓已星星也。悲欢离合总无情，一任阶前点滴到天明。"赵叔谓为宋词之首。尝为之戏作一阕《虞美人·撒尿》，句云："少年撒尿河堤上，一射千重浪。中年撒尿酒楼中，事急人忙，来去未冲冲。而今撒尿墙根下，滴滴凉凉也。也难奔放也难停，只好风中摇晃到天明。"

31

尿神医问诗，举义山之《夜雨寄北》。赵叔曰："其立意独特，顾'却话'二字，吾观之似不如'却问'也。'问'

之，则二人对语，且尤见温存之意。"复问曰："如此又重字矣，奈何？"对曰："重字之多如此，无怪矣。且首句'问'字可易。或作'欲报归期未有期'，亦可也。而'却问巴山夜雨时'，只一'问'字，其意弥多。"尿神医乃称善。俄尔，赵叔复曰："李商隐的有才情，顾笔力不足耳。"

32

轰炸机问赵叔曰："何以治学，且何以治诗？赵社可为具言之？"

答曰："吾之法，简矣。数语而足。吾观之，世间万物无非二词：元素，一也；结构，二也。元素，基也。若治学之文，作诗之词，皆元素也。方其用，则结构多重于元素矣。吾治学时，既得于元素，孰考其结构。推究其理，因之审辨诸论，明其是非、得失。吾作诗，鲜用僻字。所作字词，吾知之，帘子亦知之。而帘子之诗不堪读，吾之诗可爱者，何也？盖其构之异矣。万顷之林，人可伐之，为宫为殿；狙则不过攀缘其间，而或折枝作戏耳。"

俄而，复曰："诗不得佳者，词之积也不足，宜多读于古籍。斯言，吾平生之至恶也。读之何益？若其熟读《全唐诗》、《全宋词》者，持之终生，但窃于古人之句，至死不过一活作诗机耳。"

轰炸机曰："未必全无用处，然，不能审古人之法而化之，多则赘矣。"

赵叔曰："所作不佳者，读古诗之弥多，作之弥下。以其

附录

心多存于古人名篇，及作诗时，则层出不穷。是以，吾读唐宋名作，皆审辨之。读之足矣，不必仰之。不尽信之。乃总古人之得，寻古人之失。既知李、杜非'仙'、非'圣'，其诗亦有所缺，自然免于模仿、蹈袭之作也。"复曰："吾以为，今文科之学者、诗人，尤难以正视历代圣贤，而以理视之。是非致知之道也。譬之物理学，大家之于前贤，往往继而革之。于古之圣贤，但神之、信之、仰之、仿之，然后深觉今不如古者，其唯出于所谓国学一界乎？若中医、武术、琴、棋、书、画之流，其作态欺人者尤众。他学吾不知，吾所知诗词、经学者，今人足有以盖古人矣。"

33

赵叔曰："吾所疾者，国学界之某徒也，止于作态，而无论道理，只论感觉。盖习古武者，犹得痛殴之，除此道外，若某，往往如鱼得水矣。"

34

知还曰："看诗愈觉索然，何哉？"赵叔曰："盖未及脉络耳。看诗有数法，一曰观气，直观其气，譬如所谓意境、趣味者。然此皆外行。二曰观皮，品其皮相，譬如词汇典故者也。三曰观骨，辨其筋骨脉络，此则大不易也。四曰观心，外行常以观气视之，然不见其骨，安知其心。世之所谓观心者，不过以己之意度人之心耳。"余因问筋骨脉络。答曰："构耳。乃诸相之因。譬诸情，余社长则易晓之。观气犹眼缘，观皮则形体颜面着装之类，观骨则究其生平。使女子稚时，为大饼脸眯眯眼，及成人，乃双眼皮而脸如锥，是必有蹊跷也。观心则缘骨审其心。观其如良，知其实良，似近而远矣。"

35

轰炸机与大头北一网址，可以问卷蠡测人心。皮五试之，评为博爱高尚，宁静和善。鱼叔闻之，则曰："如此，我不欲试矣。"皮五欲辩。赵叔曰："皮五有匡济天下之志，当然博爱高尚。网人每嘲皮五，而皮五恬然自若，岂非宁静和善？"

36

传言文人聚会，胡适尝论古诗之未见有写猪者，是以知其雅。梁启超辄以乾隆"夕阳芳草见游猪"句对之。轰炸机曰："此事不知真伪，且作一笑。"龚博士即举《全清词》张梁句，且曰："古时尚有癸水之咏，遑论区区一猪。"鱼叔曰："记得宋诗有句云'持归空惭辽东豕，努力明年趁头市'。"赵叔曰："磨刀霍霍向猪羊。"轰炸机曰："是乐府也。或指格律诗耳。"对曰："《诗经》非诗耶？"乃举《驺虞》，句云："彼茁者葭，壹发五豝，于嗟乎驺虞！彼茁者蓬，壹发五豵，于嗟乎驺虞！"曰："以胡适之学，盖不知此。"

37

鱼叔曰："龚老师之言宜重之。我尝得句云'君有病兮我有药'，固以为典出郭德纲，而龚老师乃征诸清词。我时为之绝倒。"

38

皮五自视甚高，每自夸于人，人非之，不动。某日复夸其作。赵叔曰："不愧为皮家五郎！其诗兼有皮大之洒脱、皮二之豪迈。"轰炸机遂赞之曰："兼宗昌之放浪不羁，并兆铭之豪迈深沉，实新派古诗之代表。"余笑不禁。皮五曰："虽不足以称善，视前作应有进境。"余则对曰："进境极大，其所用廿八字，寻常且各异，终相继成七言绝句数篇。无一字不出于《新华字典》，可谓字字用典，而又融会贯通，实乃不可多得之好诗。"赵叔曰："皮五每言曰，入社几年，未闻一赞。今遂得偿，将有以矣。"

39

中华诗词学会向举青春诗会。烧饼哥尝与焉，言及此，谓赵叔及其徒杜斌各为二〇〇六届、二〇〇七届头名。鱼叔曰："善哉，使我与之，亦不及此。"香烟妹对曰："当有望矣，烧饼哥亦得第二。"曰："饼哥宜胜我哉。我素无夺冠之命。"对曰："汝其易名金正一也。"于是赵叔至，谓青春诗会之不堪也，不乏烂诗篓子与焉。或者稍可，而屡不见选。烧饼哥曰："盖其诗会，凡新国风之人与焉，即得前列。其固所求者，新国风也。然，其人必非之。"赵叔曰："彼多好佻巧、尖新之法。"轰炸机请示之。曰："其较佳者，如张孝华耳。余者多弄巧成拙。"

40

赵叔曰："不止于诗词学会，除网诗圈外，拟古之作皆不得行也。"轰炸机曰："拟古者，无非效古人所视，仿古人词句，而伪古人之美也。方之矫造，宜有别焉。盖有人强作姿态，犹自诩拟古耳。"

41

今人刘庆霖有诗云："远处雪山摊碎光，高原六月野茫茫。一方花色头巾里，三五牦牛啃夕阳。"金陵钟教授称之，以为"啃"字，炼以俗字，未有痕迹，甚佳。烧饼哥谓为其人名句。香烟妹曰："彼我厌之甚矣。其诗可观者有二，此其一也，且只末句而已。他句文犹未通也。"

于是，赵叔曰："读刘庆霖、杨逸明之诗，如见肥丑老妪，披轻纱、戴墨镜、着霓裳，于广场奏靡靡之音，作翩翩之舞。"

轰炸机问曰："昔闻之，夫杨逸明闻汝批厥诗，乃毁汝之德也。"赵叔不答，但曰："汝观其诗，左右如此。"

42

水大佬心广体胖，方面黑肤，名素达于网络诗坛。风闻曰：有妇善某大佬诗，慕之，知其未婚，尝去家访之。二人既晤一室，妇貌不扬，大佬不怿，然终相与好。翌日，觉，见妇面方且大，肤亦黑，以为自鉴，熟视之，乃惊走。事后，或问

附录

诸大佬，而词涉吞吐，但谓之曰："止于啜茗而已。"

遂有诗云："向善浑能不顾家，楼台夜见勿须嗟。敢同大佬俱方脸，可拟佳期再喝茶。"

赵叔曰："自是，诗坛莫敢以大佬自居，而水大佬专之。"

社友胥以此为其本事，因以大佬称之。每言及此，水大佬虽不之可，亦乐以风闻截图示人。

43

轰炸机谓今世诸文学，犹有可为吴文英攀附者，盖意识流也。赵叔曰："嘻，然则痴儿呓语，亦可为荒诞派矣。"

龙叔曰："吴之不堪，犹过于陆游。"

赵叔曰："彼尚不足为陆游提鞋。我虽小陆游，亦不至等视之二人也。"龙叔复谓白石犹自度曲，不知所云，又在下也。

余曰："白石实乃音乐人。同善琴，如高配鱼叔也。"

赵叔曰："姜夔之文少灵性，然亦非吴文英可比。"

轰炸机曰："似皆不喜姜夔。王国维亦明言之。"

赵叔对曰："王氏固愚也。生而可怜，死而可笑。其《人间词话》，诚如狗屁。其词亦然。"

轰炸机问曰："然则，如《沧浪诗话》何？论文者多不善乎文，何哉？"

龚博士曰："其倡言唐律，反宋诗言理之主流。"

赵叔曰："不善文者，其论亦然。而善文者，少著论矣。"轰炸机复问宋诗之所进益。对曰："等闲识得东风面，万紫千红总是春，宜为宋诗之著者。我素以朱熹为学界王安石。之二句境界极大。既见气象，玩之又富理趣。"

龚博士曰："是朱子悟道诗也。"于是，艾姨举东坡《题西林壁》句。

赵叔曰："相去远矣。是以知朱熹之可厌，而犹为圣人。盖苏轼径以理示人，宜孺子读之。"

44

壬寅三月癸巳，轰炸机欲与哲学硕士张洞口论马列，张洞口不对。

甲午，欲与水大佬论佛，水大佬不对。

乙未，欲与鱼叔论辩，鱼叔亦不与辩，曰："辩则无益，徒费时矣。盖人所各执之理，终非钱币之通行也。"众许之。龚博士叹曰："何辩哉，亦各装其逼也已矣。"复曰："坐待社长来引通鉴句。其杜预句耶？"已而，赵叔果至，哂曰："各耻其前言之失而固守之也。"

45

某夜，赵叔戏出句云："止水一摊终是尿。"谓能佳对者得红包。盖鱼叔方结旧作为集，以遗亲友。集名《尺水》，以是谑之。香烟妹率尔对曰："沉香三炷竟成烟。"北纬曰："卷巾三缕亦成帘。"曰："不佳。"香烟妹复曰："浮云万里尽如烟。"水大佬则对以"浮云数朵尽如矢"。曰："乱对。"众人复得数句，皆不可。赵叔曰："我姑对之，嘉禾九穗岂非稀。遗稀亦对尿也。"艾姨于是曰："歪瓜一个却成

附录

瓢。"曰："歪瓜两瓣不成瓢，差可。水货益退之，对尿尚不如艾月矣。"余思再三，仅得"连山五岳亦如尘"。

时水大佬请再试。赵叔云："狗屎虽多，惟我鞋之有垫。"盖鱼叔尝得赠鞋垫，赵叔谓此任君践踏意也，以是谑之。水大佬曰："麟儿不少，由他老而无家。"鱼叔得"年华易老，由它风过无痕"。香烟妹得"琴音不减，任他听者无心"。余得"春光乍泄，看他卧者垂帘"。赵叔曰："余社长不如对'人精不少，看他床也无单'。"是则董赞王与嫖叔之故事矣。

46

众人论赘婿其善与否。余谓："上善若水，斯在下矣。当其无，有器之用。"轰炸机曰："君子不器。"对曰："君子不器者，所求也；有器之用者，所立也。求后于立，如心系于物。"轰炸机不予对。

47

壬寅三月戊申，轰炸机欲与木头辩，木头对之，论厨师从业事。已而，罗叔与焉。二者皆以轰炸机为浅稚。水大佬见而嘲之。轰炸机诎，复斥水大佬，水大佬不对，曰："我不善教，老罗通世故，请老罗言。"罗叔辞之。

48

"人心惟危，道心惟微，惟精惟一，允执厥中。"余以是问赵叔。赵叔曰："人心其对于道心耶？"曰："道心包容人心乎？"答曰："道心者，人心之纯也。人心蒙尘，故失其道。执者，固谬矣。圣人无执。且何为中？"曰："不偏为中。"曰："然则何谓中正、偏斜？执中者，率执其所自是，而易为乡原也。"曰："然则如之何其执中也？"曰："不执。"余愕然曰："不执，不亦乡原者乎？"曰："不执，则安为乡原？不执者，自省自新而不息。心无所执，但求其道。而道之无涯，固不可执也。"龚博士曰："执中无权，犹执一也。"

49

某群社课，以便秘为题。水大佬得句云："朝朝五鼓点朝班，心抱虔诚膝自弯。不见还丹倾玉洞，空闻离曲出阳关。奢求老将三遗恨，枉得高僧半日闲。多少人难消块垒，谓君同病感时艰。"罗叔为之绝倒。而水大佬犹以去往日远矣，自谓《咏痔疮》诗为最佳，而《充气娃娃》与《释永信二首》不分伯仲。

50

圣姨曰："我固不喜用他人句者，自出心裁，为人所用，方可称能。譬如某某。"赵叔笑曰："譬如本叔。"圣姨称善。赵叔曰："盖其不得创新者众矣，天资不足，惟拼凑耳。"又曰："我以为，所以好用典者有三。或以其无知，而好卖弄。甚者临时翻书、百度以搜典故，充诸其诗，以显其博。此其一也，水大佬属之，而宗于辛弃疾。又或未精其技，图以典凑对。此其二也，宗于庾信、李商隐。又或无甚创意。以其阅历不足，或不善取材于居常。欲作诗，而竟不知何述，始以典就。此其三也，宗于黄庭坚。网上诸烂诗篓子，其好用典者，往往三者皆具。"轰炸机曰："宜用典之处用之，亦无可厚非。为典而典，其愚甚矣。"曰："其用典之病耶？其好用典之病也。"

51

或者尝以赵叔不好用典为病，诬其不能。赵叔戏之，变网名发诗于论坛。句多用典，人皆奇之，以为有玉溪生之味。其诗云："秋色零余一片枫，青衫憔悴复何从。知君犹爱花间舞，愧我常听饭后钟。受叱人奴惟放马，吹箫仙客已乘龙。风凉未忍先辞去，许是江南不遇冬。"

52

昔者，网人有《读东周列国故事》诗云："不赌奔车险，未经嗟食难。能同勾践苦，敢做子胥蛮。舌在妻堪慰，身穷嫂会谗。冲天存一奋，余意尚平凡。"登之于天涯社区，以其第五句，遂成笑谈，一时名扬。

53

某《诗友会》微刊赏词，有句云："多情怪自泛孤舟。"余见，笑不禁。不锈钢角大王龚博士曰："其词与评语可并称双烂。彼评者段某同于褚某，既跻身教授，乃附庸风雅以博名。待本王得为教授，当效之。"于是嘿然，复曰："昔所疾者，终自从之。"水大佬宽之曰："无欲则刚。君且看我，专行于媚俗，而日益自得也。"

54

水大佬引王阳明之论，谓王阳明之轻朱熹也。余问曰："良知既不须学，然则阳明心学者何授焉？"赵叔曰："王守仁其惟作态耳。但阖其目，我自为尊，不复劳矣。"轰炸机遂曰："是故，我不以王阳明为孟子一脉也。孟子曰善恶同种，宜取法以诱之善。王守仁但曰吾其致良知。诚作态耳。"又曰："王阳明之轻禅宗者，轻心印也。"龚教授闻而嗤之，曰："毕读孟子乎？诸多学说，皆劝人为焉。朱子亦求知行合一，但时人不知者众，乃重于知。及有明，知而不行者众，乃重于行。是皆应时救世而已，不必相抵牾。"

已而，水大佬谓木头曰："见外物是知，起心动念是行，无时不合。如尔之相亲，见而觉其丑，即知行合一矣，自不待言之。"乃大笑。轰炸机曰："王守仁所谓知行合一，以行证知也。彼尝曰：不行则不知。"余曰："在心为德，施之为行，必言之，乃行。不然，新婚者可以意念受孕乎？"赵叔曰："知行合一固赘言耳。本叔尝阐之曰：道也者，上圣不行而知，下民不知而行，君子知而行之，小人知而不行。"轰炸机曰："是真言也。"众称善。

55

龚教授曰："学问之道，以各人自用得著者为真。有人得于佛，有人得于道，有人得于儒，亦有人得于百度，各得其所而已。"

56

赵叔有句云："昨日之愁终可笑，年年删去旧文章"。盖其早年所作，数以千计，不乏佳句，然终有句无篇。自陋之甚矣，遂去之什九，余二百许。后为充其诗集，乃补至三百篇。某日，或举其旧作《的士司机》称之。诗云："减速稍休憩，前途灯已黄。可怜双股热，不觉大椎伤。永夜驱长路，何年到小康？偶然收假币，付与洗头房。"赵叔见曰："斯早删而忘矣。今读之，亦非无是处。"

57

六言格律以四言增得，为中仄中平中仄，中平中仄平平。盖四言律者，中平中仄，中仄平平也。如此，则四六正体可知矣。

58

水大佬尝自为墓志铭。句云："一生难了一生因，归去来兮第几轮。舍得幻身金木水，抛开姓字赵钱孙。骑牛老子言非假，梦蝶庄周醒不真。想到百年眉莫皱，土中多少过来人。"赵叔嗤而陋之，为作一律。后诸社友相继和之。录如下：

为水大佬（周铁强）题的墓志铭

赵缺

生涯难了世间尘，此去重来一扇门。尚有板脂肥土壤，再无臭屁污乾坤。醒时劳碌常如狗，梦里安详或比豚。舍利请投茅厕下，清明也不累儿孙。

同题

亡是子

非知肉体等微尘，肯纳觚棱向佛门。苦海一脬安性命，桃源半寸足乾坤。何妨梦里从龙虎，不殢人间共犬豚。宿业终于随一炬，他年也得嗣王孙。

同题

顾小北

辗转红尘各有因，一来一去总如轮。壁前拜佛身难进，壳里修仙头莫伸。负气忘形终是幻，燃脂刺血自然真。他年凭吊先生者，莫扰坑中酣睡人。

同题

耳朵

来无缘故去无因，哪有轮回第几轮。生像威严金胖子，死形脱略土行孙。棺还未盖论先俗，骨已成灰理不真。三鞠躬兮长叹息，世间少却一骚人。

同题
山涧闲人

水佬尊称方脸公，凡心不点自灵通。坐禅已使身成鼓，修道犹能屁化风。时向山中寻法术，常从梦里学神功。醍醐本在乾坤袋，悟却一生终是空。

又

水佬由来秉性真，诗吟屎尿也传神。相交必是俱方脸，为友不曾同小人。心向佛缘求善果，身从俗念恋红尘。今生苦乐随风去，入土无非又一轮。

同题
帘子

修禅毕竟在红尘，修上西天才入门。但许光辉同日月，何须悲痛扰乾坤。吟诗遭骂类如鼠，供佛舍身胜过豚。三宝终难归八宝，且留寸土藐王孙。

同题
汉室宗亲

欲修欢喜入空门，缩尽元阳腿又伸。舍利但存丸二颗，浮屠难纳肉三吨。胶妻且赠单身狗，网友皆成两面人。不要四方夸大佬，只须响屁震乾坤。

同题

云游太极

终生说法在红尘，不入儒门入佛门。心有慈悲医苦难，身无牵挂走乾坤。手中法器能驱鬼，话里禅机最爱豚。毕竟大名非浪得，如来座下一徒孙。

又

生涯至此属前尘，后世前尘隔扇门。屎尿屁诗曾显赫，油脂气事震乾坤。豪言方脸同大佬，不惧胖身如巨豚。今日升天君勿念，先生尚有好儿孙。

同题

土豪大师

生前游戏在红尘，死后涅槃随转轮。空有篇章昭日月，恨无肝胆著精神。沧桑未改彼诗梦，屎尿曾惊那世人。三尺丰碑叹潦倒，一张方脸诉天真。

同题

艾月

寄身荡迹向红尘，腹蕴奇才出后门。大屁响时空四海，小经诵处动三轮。戏言曾谓燃脂佛，名作岂无充气人。此去西天非绝地，醒来方悟梦中身。

同题

北纬

三千界内勘微尘，了却凡心转梵轮。道寄硅胶传后世，根余舍利证前身。入诗屎尿渺如幻，济佛油脂刮似真。游戏生涯君莫笑，土中人是往来人。

同题

子函

屎尿常夸屁也珍，遭讥遇讽恨难申。忍如菩萨低眉敛，恼亦金刚怒目嗔。梦想推行十六韵，将来惠泽万千人。他年媚俗体风靡，愿舍皮囊去了因。

同题

南屏岫云

奔波四纪拜浮尘，自诩赤心归佛门。纸上修行谈日月，梦中乞食倒乾坤。罪非放屁污宾友，功有燃脂佑子孙。六道轮回岂能错，愿求来世乐如豚。

同题

木头

心向佛堂身在尘，勤修功德百年春。永离嚣世风波地，一舍俗尘虚幻身。蝶梦破开真识妙，禅心臻至寂无痕。愿君证道成佛后，先度如吾贫困人。

59

轰炸机曰："耻同大佬共名水。"赵叔曰："人从货后少名水，胖到坑前愧姓周。"水大佬于是对曰："世间骈赋全从赵，天下诗文半属周。"轰炸机对曰："周国志诚属一半。盖老干与胡诌之作尽可托其名也。"赵叔又曰："头虽秃也犹称宝，脸不方兮敢姓周。"

60

罗叔曰："向之水大师，无往而不为人所重，而今到处，人皆唾之。君其易耶，世其易耶？"水大佬答曰："黑粉亦粉，汝之思未及易也。"曰："寻记当年初识，相谈于小牛群中。其情也诚，今不复得矣。今之相谈，阳奉而阴贱者众矣。"水大佬曰："汝明矣。我不然也。阳贱之，心亦贱之，阳奉之，心亦奉之也。"轰炸机曰："是以，笃而争之，不亦诚乎？"罗叔曰："汝自好此，习也，非关诚者。"曰："然则，我何不争于余社长、帘子？"笑曰："彼不汝应也。"

少时，余见曰："我固诚矣。罗叔以诚心批我诗，我虽不以之为然，亦以诚心谢之。"轰炸机许之。罗叔曰："善。我亦然。无关是非，关乎诚意而已。"余复曰："我不同于轰炸机之所争，而许其学之博也。不同于水大佬之所诌，而许其心之宽也，况其媚俗者，亦一本事矣。是所谓和而不同。"龚教授于是曰："荀子云：有争气者勿与辩也。又云：非其人而教之，赍盗粮、借贼兵也。"对曰："善。可与言而不与之言，

附录

失人。不可与言而与之言，失言。知者不失人，亦不失言。”

于是赵叔曰：“水大佬空有媚俗之心，而无媚俗之力。故于此者，非本事也。”

61

余曰：“或谓《人间词话》误人子弟。”轰炸机曰：“或谓‘欲读《人间词话》，须先读叔本华之悲观主义，及反德国理性哲学之著作。’”赵叔曰：“非误人子弟，自是不可回收物。”俄尔，轰炸机复曰：“彼欲总境界说而未竟也。余者不足提。审之可知其言不纯一矣。”

62

水大佬有施于拾荒者，数以语人。赵叔对以《朱子家训》曰：“善欲人知，不是真善。恶恐人知，便是大恶。”复曰：“水大佬之贻人二斤米，尚以自伐数日耶。”水大佬以《菜根谭》对曰：“为恶畏人知，恶中犹有善路；为善急人知，善处即是恶根。”

赵叔曰：“为善为恶，其实一也。皆欲自彰而已。故圣人常善救人，而不以为善。盖救人者，发乎内，行于外，自然而已。何善之有。夫助人者，我之志也，无涉于人。如此，方为不求回报。水大佬所为者，施恩望报也。”

水大佬曰：“所报者，心之慊也。”曰：“非受者之报，亦天之报、人之报、因果之报。非独心之慊也。又有他人之誉也。”

朱三太子曰："图报则为交易耳。"余曰："水大佬之佞佛可知矣。"赵叔曰："是与烧香求财之老妪无二致。咸愚昧、迷信之伪佛者而已矣。"

63

王充《论衡·案书》云："夫俗好珍古不贵今，谓今之文不如古书。夫古今一也，才有高下，言有是非，不论善恶而徒贵古，是谓古人贤今人也。……盖才有浅深，无有古今；文有伪真，无有故新。"善哉斯言！然犹有未尽之处。夫才有浅深，天之资也，而能尽之者寡。若参之新国风所倡求艺之精者，则可谓备矣。盖技艺者，后天之学也。与诗之真伪，皆人力所至，无有古今。而技法之详尽，资材之广博，宜古不如今。然而不果者，非不可也，学不足也。世人多以唐宋诗词为绝顶。殊不知绝顶者，诗之法也，非诗也。时有古今，学有精粗，文有真伪。唐宋人之诗，今人或不能过，非不能及也；而今人之语，唐宋人自不能道矣，遑论过焉。是以，诗法有尽，生面无穷。斯理非独在诗，世人多不晓，然吾向学之人不可不知也。

64

严羽《沧浪诗话》曰："诗之是非不必争，试以己诗置之古人诗中，与识者观之而不能辨，则真古人矣。"今人作诗多有务于此者，其愚也亦不可及矣。

若袁简斋《随园诗话》云："自古文章所以流传至今者，皆即情即景，如化工肖物，着手成春，故能取不尽而用不竭。

不然，一切语古人都已说尽，何以唐、宋、元、明才子辈出，能各自成家而光景常新耶？即如一客之招，一夕之宴，开口便有一定分寸，贴切此人此事，丝毫不容假借，方是题目佳境。若今日所咏，明日亦可咏之；此人可赠，他人亦可赠之，便是空腔虚套、陈腐不堪矣。"

善哉斯言。方今之世，日新月异，使以己诗置古人诗中而不辨，当代所咏，古代亦可咏之；今人可赠，古人亦可赠之。则一如简斋之言，是陈腐不堪矣，赋何诗哉？

65

古人长亭祖饯，舟车劳顿，多有入诗，谁谓今人飞机高铁之不可耶？

诗社林老师有《临江仙·乘机至美国偶得》，辞曰："来去不嫌路远，升沉且叹天高。倚窗斜卧亦逍遥，忽然心上震，云海见波涛。世界宛如咫尺，风尘未染分毫。时光岂必梦中消？起身应一笑，依旧是今朝。"亦足以知今诗不必困于古人气象矣。

66

张主任永林有诗，名《情事》，句云："独处光阴益自珍，多眠少饮养精神。每逢寂寞加餐饭，不许相思瘦此身。"余甚善之。推诸抖音。网友或不解。乃谓之曰："其胜在结构之稳也。首句引出，后三句依次相接。且末句又呼应于主题。环环相扣，浑如一体。文从语顺，而情切可观。是皆非寻常可得也。"

清宵夜话

芭蕉女

畴昔，琼州某卒，貌甚陋，而素拙讷。戌旅两岁，同袍每有得锦书者，人皆羡之，独其未尝得一信。长见戏曰："非天下男子只余尔一人，不可得一妇也。"怒而不敢言。益见笑。适闻异术，寝时，系红绳于腕，相接于芭蕉树上，则芭蕉仙子梦中会焉。时舍旁植芭蕉，俨然成荫。遂试之，七日不得。泊八日夜，果梦一女，素衣红纱，娇丽殊绝，谓之曰："观君诚如此，始与相亲。"于是袅娜就怀，软玉温柔，兰麝熏心，遂成好事。尔后夜夜如此，缱绻不已。昼则神采奕奕，一改前态。未几，形销容悴，渐而神痴矣。人皆异之，其亦自觉。阴解绳，而梦如故。女但谓曰："情钟于君，冀无背离。"便入怀，引与之交，竟不能持。翌日及寐，终生惧意，夜复结绳，欲与申言。甫觌面，见女怫然道："相处多时，曷敢弃我？来去宁尔之从乎？"既明，众士操练，觉其未至。寻之则卧床不起，呼曳不醒。遽就医，不知何病，三日乃苏。归质之，终以实告。人皆疑焉。其班长自土人，道斯事乡人多传之，而未闻身验者。于是率人尽拔舍外芭蕉，根叶俱焚。由是遂安。

丙申十一月初一夜严陵野人志

白沙女

昔者，黄巢起义，攻睦州。官军伏寿昌击之。巢败，走于白沙津。江水甚湍，众莫能渡，皆惶急。巢乃长叹。会一女浣纱江畔，闻之，见巢，便抛手中白纱于江。乃化石桥，两岸遂通。巢由是得脱。俟众人竟渡，其女招收白纱，桥不复存，只余烟数缕。适追兵至，见其神通，命渡之。女子弗从，因见戮。不日，巢得胜归于此，闻而哀之。觅其尸以厚葬之，亲书"白纱女之墓"于碑上。

此说久传于坊间。今建德有石桥名白沙。桥南则其女之石像也。

丙申十一月初三夜严陵野人志

鬼作剧

昔河北某村，秋收事罢，延人作场，乡人咸来观之。通宵达旦，热闹非凡。时剧作鬼魂寻仇事，趣味尤甚。渐而夜深，人多去焉。及优人粉面，作五小鬼腾跃相斗之际，风骤起，台上之炬胥灭。复燃之，则见鬼影憧憧，视前犹众。数之则十人矣。人皆骇然惧走，一时嚣乱。余者无几，尚强观之。而台上优人少定，相与辩说，皆自言非鬼，于是言语嘈然，而真假难明。观者遂频指点，计谋纷出，惧意全无矣。

少时，有鸡鸣一声，但闻台上作一声响，而复为五人焉。已而日出。乃奔走相告，遂成奇谈，传之甚广。后有乡人曰：

"彼戏台之下，适存古墓甚众也。"

丙申十一月初三夜严陵野人志

缝头

清人冯得好，善裁衣，家京城菜市口，自营布庄于门前。所裁衣者，人皆称之。以是闻名遐迩，客络绎不绝。某夜，眠正酣，忽闻外屋窸窣作声，料为盗，以家贫无所贵，任之。已而，仿佛闻阖门声，遂复沉睡。晨起，见一室狼藉。理之，则唯失一针线笸箩耳。

越数日，饭讫，闻锣声，会行刑于菜市口，人皆往观之。于是嘱妻留守，从去。问何事，乃日前所诛乱党之余孽也。方语时，吏引囚次行过市，至其所，叱按跪之，宣其罪，将斩，人皆嘿然引领。持刀吏取水漱口，喷酒饮刀。既啜茶，就其位。而众囚或敛容正色，或昂首怒目，皆略无惧意。迨行刑，吏轻呼曰："莫动！"刀随声下。然人头未落，但见囚颈半断，皮肉犹连，身首仆地，面时挛动。人皆粲然而靳焉。吏微怍，而后数囚，不复再杀，霍然刀落，人首次第以下，血喷丈余，雨落于前。

是夜，好方寐，闻外屋窸窣有声，以盗又至，复任之。渐而声息。移时，复响。好不堪其扰，怒而起，寻一杖，出欲呵之，而盗已去。遂愤然归寝。晨起，则复失二笸箩。时门外有众往观奇事，唤好出。好乃随行，至于郊。见尸数具，身首相连，颈上有线痕密布，为昨日乱党也。视之，则前所失之笸箩

附录

亦在尸旁，不禁悚然。

曩者，近菜市口处有药铺名鹤年堂，尤以刀伤药闻。每逢弃市夜，门外常有剥琢声，且闻人谓"买刀伤药"者云尔。出则不见有人。由是，遂有咒人之野语曰："至鹤年堂买刀伤药。"

丙申十一月初一严陵野人志

托梦

余外祖方氏，淳安县人，时筑坝，移家排岭，今之千岛湖镇。既迁，无何，夜梦其父，诉以屋漏之苦。初未重之，后无夜不尔，遂告余外祖母，相与归里。见父坟为水所淹，乃悟。及迁坟高处，终不复得梦。

灵狐

某翁尝为唐山某水库监管。恒独宿于溇。事冗而好钓。技日精，所获不能尽食，因蓄诸缸。缸厝于厨。丙辰初夏，某夜。未及寝，闻声出于厨，持杖往视。盖野狐窃鱼，反堕缸中，不得出也。忆向之屡失鱼，欲杀之。便举手灯临狐，见满目惶恐，晶然有泪。遂生怜意，终释之。于是鱼不复失。翁叹其通人。无何，夜酣眠，闻鸣声，又索索挠门声。料狐也，出视果然。只见昂首目之切切，频频环走于前，如喑哑者苦不能言。意其无所食而相求也。遂将取饵饲之，而狐急龁其履，力引之出。翁有所感，从去。甫及院，地大震，有声如雷，屋则

附录 / 153

轰然倾矣。翁骇然，始悟狐之举。是夜也，唐山为夷。

自此，翁绝纶不复钓也。盖虫鱼鸟兽，深系于人，虽未通言语，灵智或得相通也！

丙申十月十五夜严陵野人志

蛇人

辽阳甜水乡塔湾村，群山环之，而山蛇盛出。村人韩永波，夙嗜捕蛇而啖之。一夕小饮，偶染风寒。越数日，伐木归，稍憩人家。一蛇入鸡窝，主人见惊，呼声闻于波。便出，持杖抑蛇头，主人以石击毙之。波见蛇死，便去皮取胆而食。翌日复烹食之。不日觉肤异色，渐紫而黑，茸然生鳞。又频仍脱去，奇痒无比，而毛发不存矣。旬日则体肿肤裂，身黑如墨。甚畏寒，三伏而披袄裹被。长砥炕以止痒。眷属奔走四方，遍寻医师，竟皆束手，药石无医。反而病笃。遍体流脓，长卧不起，首肿如盆矣。

都中人付萌露，通岐黄，悬壶久。闻之数出义诊。断为蛇毒兼杂风寒而致焉。于是恒入山，周再治，汤石并施。渐而身色稍浅。时有号大仙者，谓波曰，向食者仙也，今其夫来仇，附于尔身，当忏悔祀之。族人皆信其言，乃弃医。日焚香祷告，期乞见宥。久之，复病，亟求于露。露虽愤，终许之，纳于医院。逾月而痊。

盖异史氏有志嗜蛇者，可闻香捕之。又有攘鸭求叱者。今韩氏嗜蛇，遂得蛇瘟，一类二者之集也。医之又生波折，其愚

附录

也亦可笑矣。

丙申十月十四严陵野人志

摸鬼

金陵有女，家下关，今小桃园故址也。其屋四合，凡两进，已历百年。女粗眉炯目，胆魄非常。而性淳厚，深孚众。行事慷慨，则不下男子。高中时某夜，寝方酣，恍然闻门响。视之，有灯微黄，其式如古。旋见一人影，若古服婢子者，着绣花鞋入。既入而觉有人，提灯烛女。女乃得孰视，见一狐面。但注目奇之，浑无惧焉。来者亦讶然觉谬，亟掩门出。女亦复眠。

自此，多有诡象。某夜三更，寤见一长辫女子卧于侧。呼吸在颐，瞳目闪烁，方凝睇于己。女欲牵床头灯绳。不果。乃背之而眠。日诉于其母，请伴眠。母以为无稽。请易室于弟。母以幼不便抚拒之。遂固居之，久以为常。

某夜，卧床上，有二手抚其手，忖之曰："尔抚我，我亦得抚尔。"遂捉其腕，摩之，觉细腻如女子者。手惊，握女腕而略按之，遂没。后则更无此类事者。

丙申十月十三夜分严陵野人志

象戏

泰州西门桥，旁有烈士陵园。景光小区某翁夜失眠，出漫步。已而至陵园路。路灯黯淡，见人象戏于灯下。前观之。遂见邀。翁素好此，欣然入局，不知凡几。渐怠，昏焉入眠。及寤，觉坐墓园树下，手持一砾，地画棋盘，有石子杂陈，俨然昨夜之残局也。

生而有癖，死则或为其痴，乃至忘怀。前有湖襄之棋鬼，今有英魂如斯。使先烈常在，愿与橘戏也。

丙申十月十三严陵野人志

朱秀华

吴秋得，麦寮贾人也，市土木之材为生。勤勉为业，宽厚有信。妻林罔腰，意气不与投，而得亦无二心。时台西海丰岛有兴事，遂往驻之。其间单车往返。每还家，觉肩稍沉，以路崎岖而未尝加意。一日巡工事，人见有女偕行，遂生风言。后凡得隙，工之长者相与话谈，亟涉其女，啁其风流。得不解，辩而不止，以为相戏耳。

先是，海丰岛之兴事，时有人为，非亏其本，即有工伤。惟得盈利，诸事悉安。

一日还家，妻寝疾，饲汤药而少愈。然后每反益病。遂与其侄恒伺枕侧。而妻或哭或语，不知所云。数欲起，合二人力而抑之不得。未几，无故而卒。亲胥哀之。及殡出日，方悼时，尸兀坐起，众大骇，闻之曰："我名朱秀华，借此身复活矣。"少顷，众人魂定，遽送医。诊如常人，以为疯癫。于是归养。初，得每唤妻名，妻辄曰："我名秀华，非阿罔。"且

附录

乡音亦改。妻母过之，亦愕然不识。至于四邻乡亲，亦咸不之知。自言为台西渔夫所劫，弃溺于海。而后病少愈，谓有朋至，俾备烟与交床以待。得依其言，而不见客来。但见其如与人言，间或有笑，爇烟置灰缸上，自燃及尽，而竹床吱吱作响，犹人坐焉。寻病瘳，客不复来。向者，妻唯善乎爨，余事皆不堪。而今余事通行，唯爨不堪。人皆异之。

事闻于台西，有知者征之，确有渔夫尝害一女，后举家次第而亡矣。只余一子，亦癫。遂特引诸得妻。妻见而泣曰："其人害我不足乎？曷复伤我耶？"而疯人见之色作，大怖而颠，且哭且走。众愈异之，广为传说。时台大医院院长问之，亦称奇。

迨星云法师于虎尾讲经，煮云法师与诸居士同行。昼暇，往麦寮紫云寺过智道尼师。住持留以斋。其间言及朱秀华事，皆奇之。遂访贾人。逾数月，复造其家。拜朱氏，遗以念珠一。于是围坐而谈。乃知事之始末。

初，朱氏乃金门人，方破瓜时，或谣诼其驻军将去，民俱舟行避难，因与亲散失。迷流海上，不知时日。舟中人多饿死。及漂至台西近岸，人皆泅渡，而朱氏力尽不能水。终为渔人所得。问之，具言其所闻。不图见劫。舟沉入海，葬身鱼腹。乃与舟中饿殍，魂游台西海丰岛。后逢吴秋得，相与往返，终得复生。

问夫渔者。答曰："其所劫者非独我有，皆死难者之资也。为我不平，所以为之。"又言自幼信佛茹素，至今朝夕礼拜，虽为人所戕，亦未仇之。

客有尝居金门者，征其言，果然。复问金门风土，一一对之。皆叹奇。以为六道轮回之数，因缘际会之理。言多时，始辞，临别请与朱氏留影，朱氏踌躇再三，客数说之，乃许。

自朱氏借身，视子如己出，黾勉持家。惟以荤腥不入于厨。若在商经营，凡朱氏不可者皆信然，凡可者皆得利也。

丙申十月廿五夜严陵野人志

孤坟

管生，金陵人，尝身历一异，至今犹惧之。

某年秋，既下学，携二友登小红山，男女各一。山势低，生自幼登之，及顶例不盈刻。是日亦然。比归，行有时而未出。及日入咸池，四野俱黑。彷徨而行，忽见一坟，凄凄森森，惨然高筑于前。众大怖，皆脊背生寒，毛骨悚然。执袖相就，惶然无措。生心未定，以为携友登山，竟遭此变，必当护彼周全。乃致电其父，言其失路，请往迎之。语讫，引二人兢兢然复前行。俄而，见归途如素，顾其坟，则翳然没矣。

生谓余曰："何其怪哉！向之登山，断无迷途之事。且知其故作坟地，长见孤冢，特为女子避之。然久不得路，终以电话得归。使我独行如素，恐不至今日矣。"

余推曰："此墓灵也，不恶而喜静。盖有所扰，故戏之耳。"

158 附录

曰："如此，则果有其事也！登山有兴，时呼时啸。方归焉，女子野旋，然后迷也。盖为此故矣。"

丙申十月初十夜严陵野人志